接力国际大奖儿童文学书系

丛书主编：曹文轩
丛书副主编：王　林

橱柜里的女孩

CHUGUI LI DE NÜHAI

〔美〕金柏莉·布鲁贝克·布拉德利 著
王映红 译

接力出版社
Jieli Publishing House

桂图登字: 20-2016-015

图书在版编目（CIP）数据

橱柜里的女孩 / (美) 金柏莉·布鲁贝克·布拉德利著；王映红译. — 南宁：接力出版社, 2018.2（2025.7重印）
（接力国际大奖儿童文学书系 / 曹文轩主编）
书名原文：The War That Saved My Life
ISBN 978-7-5448-5340-8

Ⅰ. ①橱⋯ Ⅱ. ①金⋯ ②王⋯ Ⅲ. ①儿童小说—长篇小说—美国—现代 Ⅳ. ①I712.84

中国版本图书馆CIP数据核字（2018）第023971号

责任编辑：王琪瑮　文字编辑：杨文怡　美术编辑：王雪纯
责任校对：杜伟娜　责任监印：刘宝琪　版权联络：闫安琪
出版人：白冰　雷鸣
出版发行：接力出版社　社址：广西南宁市园湖南路9号　邮编：530022
电话：010-65546561（发行部）　传真：010-65545210（发行部）
网址：http://www.jielibj.com　电子邮箱：jieli@jielibook.com
经销：新华书店　印制：天津盛辉印刷有限公司
开本：889毫米×1194毫米　1/32　印张：8.875　字数：160千字
版次：2018年2月第1版　印次：2025年7月第3次印刷
印数：20 001—23 500册　定价：35.00元

本书献给凯瑟琳·马廖凯蒂，她是最早向我介绍英格兰的人。

丛书代序　世界小，文学大

著名儿童文学作家、国际安徒生奖获得者　曹文轩

“接力国际大奖儿童文学书系”，所选作品皆为世界优秀儿童文学作品，是世界儿童文学史上的经典和具有经典性的名著。

读书必须读好书。

随着印刷术和造纸术的日益发达，书籍早已堆积如山。现如今，当我们走进一座座现代化的图书馆，走进一座座迷宫般的书城，见到那满坑满谷的书籍时，既有对知识浩瀚无涯的感叹，又有对知识重压身心的不安甚至是恐惧。但我们很少想到，这些书对于我们而言，是否都有价值？被越来越精美的装潢所包裹着的东西，究竟值不值得我们花费时间与热情去青睐它们？我们只是想着拥有、拥有、多多地拥有，我们恨不能将它们一下子全都吸进记忆。人类对知识的崇拜、无节制的拥戴、贪婪的吮吸，早已使人们失去了对所谓知识的应有的分辨与警惕。将书本视为图腾的结果，就是面对书本时，我们只有主动地相拥和无条件地接受。参天书山，已快要压垮我们的脊梁，更具悲剧性的是：它快要堵死我们的心灵空间了。

其实，世界上的好书并不太多。若有一位目光深邃、判断力超凡的大智者，能对这些书籍加以筛选，各大图书馆至

少可以省出一半宝贵的空间来，喜爱读书的人也就会少费许多精力，而对好书的阅读会收到事半功倍的奇效。

不光好书不多，还有坏书。这些坏书大量混杂在图书馆、书店和一些人家的书架上。它们不光耗费了我们的时间、金钱，还使我们堕落、误入歧途。它们损害了我们的心智，钝化了我们的感觉，使我们的精神世界感染了病毒。

英国作家毛姆有言道：坏书读得再少也不为少，好书读得再多也不为多。坏书——是愚钝智慧的道德上的毒药。哲学家叔本华有句话也很值得我们记住：不读坏书，是读好书的一个条件。

但作为一般的读书者，我们并不具备这种判断良莠的能力。在这种情况之下，我以为，唯一聪明的办法就是读经典、读名著。

一部作品被我们称为经典、名著，前提是它已经受住了漫长时间的考验。它已在时间的风雨中被反复剥蚀过而最终未能泯灭它的亮光。它不光是被几个智者说好，而且是被一个庞大的群体所认同。年复一年地阅读，年复一年地挑剔，又年复一年地吮吸，不管怎么样，它没有因时过境迁而衰化，而改变颜色。它一如从前那样饱满，那样富有人情，那样闪烁光泽——时间的流逝，甚至使它还比从前更显博大精深。它在不停地增值。

对于少年读者而言，此时的阅读应是更为讲究的。如果没有选择，随意地滥读或是因受宣传的蛊惑而进行媚俗性阅读，将会养成一种低下的阅读趣味和阅读习惯。一旦定型，日后纠正都纠正不过来了。更糟糕的是，日后即使再面对经典、名著时，已变得俗气的目光，也会将经典、名著看俗了。少年阶段的阅读，实际上是为今后的阅读打基础的阅读，因此正确的阅读就显得尤为重要。

“取法于上，仅得为中；取法于中，故其为下。”只有读经典、名著，读上乘之作，我们才有可能接触最高的精神境界，也才有可能抵达最佳的审美境界。若是从在阅读中吸取写作经验以使自己能有好的写作能力之角度出发，读经典、名著，读上乘之作也几乎是必需的。一个人若长久地在二流三流的作品中滚来滚去，就会受其熏染，受其规范，并将它们误以为是写作的标准，从而永远失去了写出好文章的可能。

过去，曾有过“全人教育”的提法。这“全人教育”分为“生意”“生趣”两大部分。

我以为，这其中的“生趣”，是与文学密切相关的。

文学也许没有改朝换代、翻天覆地的能力，但它的力量却是持久的。人类之所以拥有今日之文明，文学功不可没。它悄然无声但却极有力量地推动了人类的进化。它在人类的荒昧岁月，在人类的寒冷季节，在人类的疯狂时日，是灯，是火，是清冽之风。人类的精神殿堂，若抽去文学的巨柱，顷刻间便会坍塌。

世界上，最优秀的民族，也是与最优秀的文学分不开的。因此，任何一个民族，都会为它能拥有优秀的文学家而骄傲。一个民族的悲哀莫过于它没有产生出优秀的文学家。优秀的文学家，创作出来的优秀的文学作品，不仅为这个民族争得了荣誉，更重要的是，它为这个民族素质的提高起到了无可估量的作用。

民族、人类，有理由如此在意文学家与文学。

从想象力这一角度来看，文学也是我们应当尊重的。它一直在暗中帮助着人类操练想象力。它的天马行空式的优美想象，一直在诱惑和影响着人类。它使人类看到了想象的美好与巨大能量。一个不存在的世界，在想象中，硬是有声有色地出现了。令人不可思议的是，这个纸上虚构出来的世界，有许多在若干年后，真的由科学实现了。这就是世界上有那么多伟大的科学家亲近文学的原因。

在人类的想象力不断受到束缚与腐蚀的时代，文学始终在保护着想象之火，使它免遭熄灭。它还一次又一次地扇动，使想象之火保持着应有的炽热与旺盛。从这个意义上讲，文学绝不仅仅属于文学家，也不仅仅属于文学爱好者，而应当属于全人类。

文学在锐化人的感觉方面，也是值得我们赞颂的。

我们的祖先，感觉是非常钝化的——无论是生理学意义上的感觉还是心理学意义上的感觉，大概都是如此。他们很愚笨地制造着工具，又很愚笨地追赶着猎物。他们的手脚往往不知轻重，疼痛感很弱，并缺乏对锐痛、钝痛等不同疼痛的区分能力。他们的情感、情绪也往往比较简单，难以有今天的人所有的寂寞、孤独、忧郁、惆怅之类的微妙感觉。自从有了文学以后，人类的感觉在一天一天地变得丰富与敏锐。文学以对世界细致入微的观察，引导着人类放弃以前的粗糙与简单，而使自己的身体与心灵都慢慢变得敏感。于是，世界在人类的眼中变得五光十色、无穷无尽了。人类在触摸这个世界时，也不再笨手笨脚了。人类今天所拥有的一切，都与人类的感觉进化有关，而在这其中，文学的功绩是无与伦比的。

文学小，世界大；世界小，文学大。偌大一个世界，却常常会由于各种各样的原因，让一个人竟然觉得自己被挤压，没有一块立足之地。而此时，他将会发现，文学远远地大于这个世界，并且文学是那样地具有悲悯情怀。在他被世界所漠视、所抛弃时，文学却会给他温暖，并会接纳他。在漫长的世纪里，文学始终在庇护着我们。失意时，孤独时，忧伤或悲哀时，我们就会想起文学。一个诗句，一段叙述，都是一片绿荫，使我们焦灼的心灵得到滋润。古往今来，文学不知拯救了多少绝望的灵魂。它的善意，它的美感，它的人道，它的宽容与善解人意，都使我们感到一种无法言说的亲切。我们可以向它倾诉，可以向它哭泣，也可以与它默默相对。

随着世界对现代化的无节制追求，我们的情感世界却在日益荒芜。此时，我们更需要文学的抚慰。在未来的岁月中，我们可能会越来越多地求助于文学的温馨呵护。

我们可以将人生分为思想人生和情调人生。前者是人通过对哲学等知识的学习而获得的，后者则是通过与文学艺术的亲近而获得的。当然，这不过是一种简单的划分。其实，这两者是不可分的，它们的获得也有着广泛的来源。但有一点是肯定的：情调的获得，绝离不开文学艺术。

一个人有无情调，绝非小事。

一个没有情调的人，生活在他心目中是十分乏味的，而这个人，也会令他人感到乏味。这种人行为机械，语言苍白，做任何事情都毫无境界，俗不可耐，对世界缺乏审美能力，对生命本身也缺乏审美能力，因此生命质量低下。

人一旦有了情调，生活就不再使他感到枯燥，而这个人，就会成为一个让人喜欢接近的人。他的行为有了弹性，语言有了意蕴，做任何事情，都会在一种境界里，总有一份雅致与高贵。这个生命无论是短暂还是长久，它的质量都是不可测量的。

也许文学最值得我们称道的就是：千百年来，它使我们的人生获得了情调，从而使一个个生命，即使在最终寂灭时，也显得十分坦然——我没有枉活一生。

“接力国际大奖儿童文学书系”是一个壮观的阅读工程。优美篇章就在我们眼前，它们在召唤着成千上万愿意美好、愿意进化、愿意有远大前程的孩子，也在召唤着我们这些愿意纯真、愿意高尚、愿意诗情画意、愿意一生幸福的成人。

目 录

第一章　我的窗户

“艾达，离窗子远点儿！”妈妈的声音突然炸响，我还没反应过来，就被她拽住胳膊，从椅子上一把拉了下来，重重跌倒在地板上。

“我只是跟斯蒂芬·怀特打个招呼罢了。”我知道不该顶嘴，却控制不住自己，那个夏天我成了一个叛逆的“斗士”。

妈妈狠狠一耳光扇在我脸上，我本能地一躲，头正好撞上椅子腿，疼得我眼冒金星。“你还敢跟人说话！”她说，“能让你看看窗外已经算我开恩了！再见到你把脸伸出去，看我不用木板把窗户全封死！”

“杰米都在外面。”我小声说。

“他当然可以！他又不像你是个瘸子！”

我紧紧抿住唇，甩甩头，把想说的话咽下肚，免得冲口而出，又和她顶撞起来。接着我看到了地板上的血迹，天哪，我竟然忘记擦地板了。如果让妈妈看到，她很快会猜到我在做什么，那可就大祸临头了。我悄悄挪过去，一屁股坐在血迹上，那条瘸腿蜷在身下。

“去，给我煮壶茶。”妈妈坐在床边脱掉袜子，在我眼前晃着她那两条好腿，“我马上要去上班了。”

“好的，妈妈。”我把椅子推过去挡住血迹，然后朝房间另一头爬去，尽量不让妈妈看到那条结满痂的瘸腿。我挪上另一把椅子，点燃煤气灶，把茶壶放了上去。

“帮我切几片面包，抹上烤油[①]，给你弟弟也弄点。”她突然笑了，“如果面包有多余的，可以扔几片出去，让斯蒂芬·怀特看看你的晚餐，怎么样？”

我没有接话。切下厚厚的两片面包后，我把剩下的放在水槽后面，杰米一般会等到妈妈出门后才回家，而且他总是乐于和我分享食物。

茶泡好了，妈妈过来端起茶杯：“我知道你在想什么，小丫头。别想跟我作对，我对你够好的了，换了别人你不知会遭多大罪呢。”

我倒了一杯茶，灌下一大口，滚烫的液体顺着喉咙流进胃里。妈妈不是开玩笑，但我也不甘心认命！

---

① 在两次世界大战期间，面包配烤油是英国贫困家庭最常见的食物。因为贫穷，所以不能浪费任何食物，烤肉滴下的油被收集起来，冷却后抹在面包上吃。——本书脚注若无特别说明，均为编者注

世上有各种各样的战争。

我笔下的故事始于四年前的一九三九年初夏，当时英国即将卷入又一场世界大战中，就是现在正进行得如火如荼的这场战役，人人感到惶恐不安。我那时只有十岁（尽管当时我还不知道自己的年龄），但有关希特勒的传言和恶评早已街知巷闻，自然也传到了我的耳朵里。毕竟，我并不是一个两耳不闻窗外事的人。你一定以为我成天跟自己的母亲作对，但其实我人生中的第一场战争发生在我和弟弟之间，那是在一九三九年的六月。

杰米有一头泥土色的乱发，外表温顺乖巧，骨子里却淘气得要命。妈妈说他已满六岁，秋季就该上小学了。不像我，他有强壮有力的双腿和双足，走起路来健步如飞。不想跟我在一起时，他一溜烟就不见人影了。

而我害怕孤独。

我们那时住的小公寓只有一个房间，公寓在三楼，楼下就是妈妈晚上工作的小酒馆。每天早上她睡懒觉时，就由我来照顾杰米吃喝，哄着他不要哭闹，以免影响妈妈休息。妈妈睡醒后，一般会外出购物或找市井小巷的妇女闲聊八卦消息，偶尔会带上杰米。晚上她去上班，又是我照顾杰米吃喝，哄他入睡。总之，从我记事起，弟弟就一直交由我照顾，那时他还只是个用尿片的奶娃呢。

我们一起游戏，一起唱歌，还一起透过窗户看世界：推着小推车沿街叫卖冰激凌的小贩；瘦骨嶙峋、牵着皮毛蓬乱的矮马[①]穿街过巷的穷人；下了夜班匆匆往家赶的码头工人；在门廊上边晾衣服边高声谈笑的妇女；在街上玩耍嬉戏的小孩……

我并非生活不能自理，我能爬，也能坐在地上挪行。有一次我爬到街上去，妈妈发现后大发雷霆，把我的肩膀都打出血来了。“你个不要脸的东西！”她厉声呵斥道，“看看你那只烂脚！你想让大家都笑话我吗？”她威胁我说，只要我敢再爬下楼一次，她就用木板把窗户全都封死！这是她屡试不爽的杀手锏。

我那发育不全的右脚属于先天性畸形：整个脚翻转了一百八十度，脚底朝天，脚背贴地，踝关节不能灵活转动。我曾试过用右脚站立，锥心的疼痛让我很快放弃了这种尝试，反正爬也是一样的，速度还快。只要有弟弟做伴，我不介意一天到晚待在家里。但随着年龄增长，杰米越来越喜欢到户外和其他小孩玩。“他当然可以出去，”妈妈说，“他是个正常的孩子。”她对杰米说：“你和艾达不同，你想去哪儿都可以。”

“不行，”我反驳道，“他必须待在我看得到他的地方。”

刚开始杰米还算听话，但后来他结交了一群男孩，便整天见不着人影了。回家后他绘声绘色地给我讲外面的新鲜事：

① 矮马：马的一个品种，体高一般在106厘米以下，可用于观赏和劳役。

泰晤士河码头旁的运煤船、呜呜叫的火车、比我们整幢公寓楼还大的仓库，等等。他还去过圣玛丽教堂，而我只听过教堂的钟声——我用它来确定时间。夏季白日渐长，他回家的时间也越来越晚，最后甚至要到妈妈出门后才回来。他每天待在外面，但妈妈却觉得无所谓。

没有杰米陪伴的家对我来说更像个牢笼，闷热、寂静、空虚……让我难以忍受。

我想了各种办法：把门闩起来——但他现在力气比我还大，不费劲就打开了；低声下气向妈妈哀求，请她勒令杰米待在家里；有一次我甚至做了一件伤害他的事，那一天天气很热，杰米睡得正香，我把他的手脚捆了起来。

杰米醒来后，没有惊叫，也没有怒吼，只是在床上扑腾了一阵就安静下来，可怜巴巴地看着我，泪水如泉涌般顺着他的脸颊滑下来。

我立刻给他松了绑，觉得自己真是个浑蛋。绳子绑得太紧，把他的手腕都勒红了。

“我不会再这样了，”我说，“我发誓，以后再不会了。”

杰米仍在流泪，我理解他的心情，我从来没有伤害过他，连打都没打过。

但今天我的表现，跟妈妈有什么两样？

“我会待在家的。”他小声说。

“不，”我急忙道，“没这个必要，不过吃点东西再出去玩。”我给了他茶和面包。这天上午只有我俩在家，妈妈不知上哪儿去了。我拍着他的脑袋，亲了亲他的头顶，又唱了一首歌，使尽浑身解数想让他高兴起来。“反正你马上就要上学了，”我很吃惊自己之前怎么没想到这个，“到时家里也是我一人，我得给自己找点事做。”我总算哄他出门玩去了，还站在窗前对他挥了挥手。

接下来我开始了早就计划做的事——学走路。

如果我能走路，妈妈就不会为我感到丢脸；如果我能走路，大家就不会关注我那只不正常的脚；如果我能走路，就可以和杰米一起在外面玩耍，至少，当他需要时，我能立即赶去他身边。

正是这些想法坚定了我学走路的决心。原以为我会待在这间小斗室完成这个计划，没想到，不久之后我却被迫离开了伦敦，去到另一个地方。我离开的原因是希特勒发动了第二次世界大战，正是这场战争改变了我的一生。

第二章　练习走路

从那天起我开始练习走路。我坐上椅子，两条腿——先是左边的好腿，再是右边的瘸腿——小心地踩在地上，然后绷紧膝盖，抓住椅背一使劲站了起来。

对我来说，站立和单脚跳问题都不大，但因为爬起来比跳快得多，加之房间不大，所以我很少站立，这就使得腿上——特别是右腿——和背上的肌肉因缺乏锻炼而萎缩了。不过这些都不重要，一旦我下定决心，再大的困难都能克服。

当务之急是锻炼右脚，我的想法是抬起左脚，只用右脚站立，如能保持住身体平衡，或能忍受得了疼痛就大功告成了。

练习的第一天，虽然靠着椅子，我的身子仍晃个不停。我试着把重心从左脚慢慢换到右脚上时，不禁倒抽了一口冷气。

如果我能早点开始学走路，也许扭曲的踝关节在触到地面时就不会这么痛，上面的皮肤也不会这么容易就磨破了。总之，如果开始得早，也许不会像今天这么狼狈不堪。

但这只不过是我的猜测。我知道，如果只是这么一直站着，永远也不会有任何进步。我松开抓住椅子的手，把右脚伸出去，身体也跟着送了出去。脚踝处传来一阵剧痛，仿佛一把刀猛地插进那里，我扑通一声重重摔倒在地。

我爬起来，扶着椅子站稳后又试了一次，还是摔倒了。第三次我先出左脚，再心惊胆战地伸出右脚，但仍是同样的结果。

右脚上的皮磕破了，血流到地板上，不一会儿，我已痛得坚持不下去了。我跪坐在地板上，浑身抖个不停。等平息下来后，我拿来抹布擦去了地板上的斑斑血迹。

第一天的情况就是这样。第二天更糟，右脚上的伤口还没愈合，左脚和左腿也受伤了。腿痛得无法伸直，膝盖由于多次摔倒而变得伤痕累累。这天我没有练习走路，而是扶着椅子站着，把重心从一只脚换到另一只脚，如此循环往复。当我筋疲力尽躺在床上时，钻心的疼痛让我忍不住抽泣起来。

当然，这一切都是暗中进行的，在成功之前我不想让妈妈知道，也不敢肯定如果杰米知道了，他能不能守口如瓶。如果我愿意，我满可以对着窗外大喊“我要学会走路”！但这样做有什么意义？我偶尔会和街上的行人打个招呼，他们也会向我挥手致意，甚至还回上一句“你好，艾达”，但这并不表示他们愿意和我交流。

如果妈妈知道了我这些想法，也许会笑着对我说：“想不到你还挺聪明嘛！”

这天的练习结束后，我忍着剧痛躺在床上，抱着那只瘸腿，思绪像脱缰的野马浮想联翩，脑海中缓缓展开一幅美丽的画面：妈妈牵着我的手，带我来到街上，向遇到的每个人介绍说：“这是我的女儿艾达。看，她能走路，并不像你们想的是个没用的人。”

毕竟，她是我的母亲。

脑中变幻着不同的画面：我陪她去商店购物；我去学校读书。

夜深了，我坐在敞开的窗户旁，把杰米抱在腿上：“快说说，今天有什么新鲜事？在学校里学了什么？”

“今天按你的吩咐去了一家水果店，”杰米说，“水果堆得到处都是，连桌上都堆满了。”

“都有些什么水果？”

“嗯——苹果，还有一种很像苹果的水果，还有一种圆水果，橘黄色、亮闪闪的，还有一种绿油油的……”

“你得搞清楚它们的名字。”我说。

“这个办不到。”他说，“店主一看到我，就抓起一把扫帚把我赶了出来，说哪儿来的臭乞丐，敢来偷水果。”

“别听他胡说，你可不是什么臭乞丐。”我们不是经常洗澡，妈妈觉得受不了我们身上的味道了，才会给我们洗一洗，“而且你也不会偷水果。”

“我当然会。”杰米把手伸进衬衫下面，掏出一个他说的那种“很像苹果”的东西，黄色的果皮，软软的果肉里有些细小的颗粒。这是一个梨，但那时我们还不知道。咬上一口，甘甜的果汁顺着下巴往下流。

我从没吃过这么美味的东西。

第二天杰米带回来一个番茄，但第三天当他在肉店偷猪排时，却被当场抓了个现行。店主狠狠揍了他一顿，又把他扭送回家，在妈妈面前告了一状。妈妈掐住他的脖子边打边骂：“你个蠢货！偷糖就算了，偷肉你是要闹哪样！”

“艾达肚子饿呢。”杰米抽抽搭搭地说。

我确实很饿。每天的练习很费体力，饿起来很快，但这事可说不得，杰米也知道说错话了，圆睁的双眼里写满惊恐。

“艾达！我就知道是这么回事！是你指使弟弟干的吧？你这个贱人！”妈妈冲到我面前，反手就是一耳光，我当时坐在椅子上，下意识地跳起来想躲开。

但我没能避开。为了不暴露秘密，我步子不敢迈得太大。妈妈盯着我，眼里似乎要喷出火来：“你现在长大了，翅膀硬了，是吧？去，给我滚到橱柜里去！”

“别，妈妈，”我倒在地上缩成一团，“别这样，求您了。”

妈妈说的“橱柜”，是水槽下面一个狭小的封闭空间，由于水管漏水，橱柜里不仅潮湿，还有一股挥之不去的臭味。更可怕的是，里面有很多蟑螂。它们爬出来还好对付，可以拿纸按死，把尸体扔出窗外，但在漆黑一片的橱柜里就没法儿了，它们在我身上到处乱爬，有一次还钻进我耳朵里去了。

“进去。”妈妈脸上带着得意的笑。

“我去，”杰米说，“是我偷的肉。”

“艾达去。”妈妈笑嘻嘻地看着杰米，“以后再抓住你偷东西，艾达就进橱柜。”

“别让我整晚待在里面。”我低声祷告，但像以往一样，这种祷告是没用的。

每当遇到困境，我的思绪就进入到一种虚空状态，我可以在任何地方如椅子上、橱柜里进入这种状态，我会失去视觉、听觉甚至触觉，只觉得神思恍惚，从而忘了身处的苦难。

这是件好事，但进入状态有一个过程，熬过开始的几分钟就好了。不过这次有点不同，身体上的疼痛让我始终进入不了状态，我这才意识到我长大了，身体挤在逼仄的橱柜里伸展不开。

第二天早上我被放出来时，只觉得头晕目眩、恶心欲呕，周身上下如针扎般疼痛。我瘫坐在地板上，妈妈居高临下地看着我："这对你是个教训，别忘了自己几斤几两，小丫头。"

我想妈妈可能隐隐猜到我在做什么了。我比以前壮了不少，她不喜欢这点。她刚一出门，我马上站起来，强迫自己继续练习。

现在是八月末，杰米很快要上学了。我不像以前那么害怕他离开我了，却对整个白天里不得不和妈妈待在一起感到心有余悸。一天，杰米回来得比往常早，一脸愁容地说："比利·怀特说所有小孩都得走。"

比利·怀特是斯蒂芬·怀特的弟弟，杰米最好的朋友。

妈妈正弯着腰系鞋带准备出去上班，听了此话，她坐直身子嘀咕道："他们是这么说的。"

"走？什么意思？"我问。

"离开伦敦，躲过希特勒和他的炸弹。"妈妈的目光落在杰米身上。"据说伦敦会遭到轰炸，所以要把小孩送到乡下去避难，我还没想好是否要送你走，不过应该会的。你走后我还轻松些，少一张吃饭的嘴。"

"什么炸弹？"我插嘴道，"什么乡下？"

妈妈没理我。

杰米爬上一把椅子，脚有一下没一下地踢着下面的横档，他看起来非常瘦小。"比利说这个周五就走，他妈妈给他买了全套新衣服。"今天离周五还有两天。

“我可没钱给你买新衣服。”妈妈说。

“那我呢？”我弱弱地问，“我也要走吗？”

妈妈仍没看我。“你当然不行，小孩会被送给好心人收养，谁会要你？没人会喜欢你那只烂脚。”

“那把我送给坏人吧，”我说，“反正跟待家里也没啥区别。”

我眼睁睁看着她一巴掌又扇了过来，这次仍没躲过。“休想，”她嘴角露出一抹狞笑，看得我直发冷，“你哪儿也别想去，就给我待在这儿，至于会不会被炸死，就看你的命了。”

杰米的脸色一下变白了，他张开嘴想说什么，在看到我朝他拼命摇头后把嘴又闭上了。妈妈出门后，他跑过来依偎在我怀里。“别担心。”我轻轻摇着他，心里没有一丝恐惧，相反，我很庆幸这个夏天没有虚度。

“你想法儿弄清楚你们要被送到哪儿去，什么时候走。”我说，“我跟你一起走。”

第三章　出逃

星期五早上，趁妈妈上厕所的间隙，我偷了她一双鞋。

我不得不这样做。家里只有妈妈和杰米有鞋子。杰米的帆布鞋太小，连发育不全的右脚都套不进去。妈妈的鞋子虽然大了点，但可以用纸团塞住鞋头，我还找了块破布把右脚包好。第一次穿鞋有点不习惯，为免鞋子中途滑落，我把鞋带系得紧紧的。

杰米一脸惊诧地看着我。“我必须得穿鞋”，我小声解释道，“不然人人都会盯着我的脚看。”

他说：“我没想到你不仅站得起来，而且还能走。”

是的，这对我来说是一件值得大书特书的事，不过现在没时间庆祝，要做的事还多着呢。“是的，我能走。”我看了一眼睡梦中的妈妈，她背对着我们躺在床上，呼噜打得震山响。她会为我感到骄傲吗？我想她不会。

我坐在地上滑下楼梯，杰米扶我站起，走上清晨寂静的街道。别急，一步一步慢慢走，我暗暗提醒自己。

站在平地上，世界以一种我从没见过的面貌呈现在我面前：粉色晨光的映衬下，缕缕淡蓝色的薄雾从屋顶袅袅升起，看起来美不胜收。一只猫可能在追老鼠，在街角一闪而过，除此之外街上就没什么活物了。

我右手握住杰米的手，让他搀着我往前走，左手提着装有早餐的纸袋。杰米说学校是九点钟集合，离现在还有好几个小时，但我觉得越早出发越好，因为我不知路上会花多少时间，也不想别人用异样的目光盯着我看。

之前我在三楼往下看时，从没意识到这条看似平坦的路却是坑坑洼洼难走得很。虽然穿着鞋，走到小巷尽头时，脚已痛得锥心剜肝。我咬咬牙又迈出了一步。

“这边，”杰米领我拐了个弯，“就快到了。”

右脚突然扭了一下，我一个踉跄摔倒在地，痛得喘不过气来。杰米蹲下来说：“趁现在没人，你还是爬着走吧。”

“还有多远？”我问。

“还有三条街。”他解释道，“这一片相连的房子就是一个‘小区’，夹在两个小区之间的这段路叫‘街道’，学校离这儿还有三段路，也就是三条街。”

我目测了一下距离，三段路，也许是三英里[1]，也或者三百英里。“我先爬一段。”

铺满碎石子的路面爬起来比室内辛苦多了。膝盖上虽有厚厚一层老茧，但仍被尖尖的石头硌得发疼，还得注意避开随处可见的垃圾和污泥。好不容易爬完一段，我抓着杰米的手努力站了起来。

“你怎么学会走路的？什么时候的事？”杰米问。

“没多久。”我说，“就今年夏天，你不在家的时候。”

他点点头：“我不会跟别人说的。”

“说了也无所谓。”我抬头望天，第一次感受到世界之大，高高的屋顶让我一阵晕眩，“反正我们要去乡下了，在那儿谁会在乎我走路的事？”其实我说这话时心里一直在打鼓，我不知道我们会去哪儿，也不知道“乡下”是什么意思，但杰米听了这番话后，把我的手握得更紧了，脸上露出了笑容。

学校是一幢砖石结构的建筑，还有一个大操场，周边围着一圈金属栅栏。我们翻了进去，瘫坐在地上吃早餐——面包蘸白糖，味道挺好。

“你拿了妈妈的糖？”杰米的眼睛一下瞪圆了。

我点点头：“全拿了。” 我俩一起放声大笑。

地上潮乎乎的，坐下后，我一下感受到了沁骨的寒意。

---

① 1英里合1.6093公里。

脚踝处的刺痛渐渐消退，变成隐隐的抽痛。我抬头打量着陌生的教学楼：旋涡形的装饰、古朴的石砖、精美的护墙板和窗户、屋檐上的鸟……看得我如痴如醉，连一个女人进来都没注意到。还是杰米捅了我一下，我才回过神来。

女人微笑着说："你俩来得真早。"

我想她应该是这儿的老师，于是忙点头微笑："爸爸赶着去上班，所以提前把我们送来了。他说老师很快就会来，让我们别担心。"

她点点头："他说得对。要喝点茶吗？"

我站起来时，她很自然地注意到了我腿脚不便。我一个踉跄差点摔倒，幸好杰米扶住了我。"你的脚怎么啦？"老师问。

"不注意扭伤了，今儿早上的事。"我回答说，其实我说的也算是真话。

"能让我看看吗？"她问。

"不必了，"我咬着牙往前走，"已经好多了。"

之后的事情就简单多了，这是我生平做过的最不可思议的一件事，没想到这么容易。杰米扶着我一步一步地挪着，不知不觉间，操场上已站满了学生和老师。我们在老师指挥下排好队，准备步行去半英里外的火车站。我不知道自己还有没有力气能走那么远的路，这时，一张熟悉的面孔突然出现在我面前。“艾达，是你吗？”说话的是斯蒂芬·怀特。

斯蒂芬是怀特家的老大，比利是老小，中间夹着三个女孩。五兄妹停下脚步，一齐盯着我。除了偶尔看到我的身影出现在窗前，他们从没近距离见过我本人。

“是我。”我回答说。

斯蒂芬满脸惊诧：“没想到你会来，啊，我是说你当然也该离开伦敦，但我妈说你这样的会被安排去别的地方。”

妈妈从来没有说过像我这种情况会有别的安排。“‘我这样的’是什么意思？”

他低头看着地面。他比我高，也许年龄也比我大一点。“你知道是什么意思。”

我当然知道。“你是说瘸子吧。”

他像受了惊吓似的猛地抬起头来盯着我：“不，我的意思是智障，就是脑子有问题，大家都这么说你，我之前还以为你连话都不会说呢。”

我想起以前站在窗边跟他打招呼的事：“我不招呼过你好几次吗？”

“我是看到你的嘴一张一合的，但……”他表情很不自然，“听不清你在说什么。我不知道你会说话，你妈妈说不让你出来是为你好。”他第一次把目光落在我的脚上，“你腿是瘸的？”

我点点头。

“那你怎么来的？”

“走过来的，我不能让杰米一个人去。”

“很辛苦吧？”

“是的。”

一抹奇怪的、我看不懂的表情浮现在他脸上。“大家都挺同情你妈。”

我不知该怎么接话。

斯蒂芬又说：“她知道你来这儿了吗？”

我正想编点谎话搪塞，没想到杰米抢在了前面：“不知道，她说艾达活该被炸。”

斯蒂芬点点头：“别担心去车站的事，我搭你去。”

我还没反应过来他这话是什么意思，他的一个妹妹笑着对我说：“我就是哥哥搭着过来的。”

她的笑容让我想起了杰米，于是我也笑着回应：“那好。”

斯蒂芬·怀特背我去了车站，此前请我喝茶的老师对他好一顿夸。行进的队伍排成一条长龙，一路上唱着《英格兰将永存》[1]。抵达车站时，这儿早已是人山人海，好像会集了全世界的小朋友。

“你能自己上车吗？”斯蒂芬把我放下来。

我扶住杰米的肩：“没问题。”

他点点头，让比利和妹妹们站进队，接着又转向我：“既然你脑子没问题，你妈为什么不让你出来？”

---

① 英国爱国歌曲，创作于1939年，在第二次世界大战时期十分流行。

“因为我的脚。”

他摇摇头：“她疯了。”

“因为……因为是我做了什么事，才让脚成了这个样子——”

他又摇了摇头：“她疯了。”

我不解地看着他，妈妈疯了？

老师们开始组织大家上车，在教堂午时钟声敲响前，火车徐徐启动了。

我们就这样走了，逃离了妈妈的魔掌、希特勒的炸弹、牢笼般的单间公寓等所有的一切，听起来挺不可思议的，但我自由了。

第四章　远去的火车

火车上并不舒适，加上孩子们想家，车刚一开就引发哭声一片，有人还吐了。负责我们这节车厢的老师忙得不可开交——清理脏物，制止男孩们打闹，还得不停解释：不，车上没有厕所，你们只能憋着；不，我也不知道还要开多久，我连去哪儿都不清楚。

没有厕所，没有水，面包已经吃完，我把剩下的一点糖倒在杰米手上，他像小猫一样舔着。窗外的景物模糊成一片，从我身边飞快掠过，但当我死盯着一个静物并晃动脑袋时，我发觉其实是火车在动。

终于，视野里不再有建筑，取而代之的是一大片无边无际的绿色，亮丽、醒目、耀眼，像泼洒在地上的水，流向各个方向，一直延伸到与蓝天相接的地方，我沉迷于其中不能自拔："这是什么？"

“草。”杰米说。

“草？”他竟然知道这个？我们住的那条小巷没有草或类似的东西，我是通过衣服和卷心菜知道“绿”这种颜色的。

杰米点点头：“草长在地上，叶子是尖的，但不刺人，很软。教堂墓地的墓碑周围有很多草，还有树，就像那种。”他指着窗外让我看。

树看起来像巨型芹菜秆儿，瘦高瘦高的，头上顶着一团绿。“你什么时候去过教堂墓地？”我问。“教堂墓地”又是什么？也许这会是我下一个问题，我不知道的东西真是太多了。

他耸耸肩：“就是去圣玛丽教堂那次，我们用墓碑‘跳山羊’，没跳两下就被牧师赶出来了。”

我眼睛一眨不眨地盯着绿草，直到视线模糊起来。因为害怕睡过头，昨晚一夜没睡好，不知不觉眼皮越来越沉，正要进入梦乡，突听杰米在我耳边低声唤道：“艾达，艾达，快看！”

是一个骑马的少女正追着火车跑。她骑在一匹棕色矮马背上，双腿分搭在两侧，手里握着一根绳子，绳子另一端连在马头上。少女脸上洋溢着欢笑，意气风发，神采飞扬。我看得出，她是真正在“骑”马，指挥着马儿奔向她想去的地方。

我在小巷里看到过很多矮马，但无一例外都是用来驮货的，我从不知它们可以骑，还跑得这么快。

少女微微倾身向前，脸贴在迎风飞扬的马的鬃毛上，嘴唇翕动，像在喊着什么。她两腿一夹马腹，矮马开始加速，跑得越来越快，四蹄腾空，仿佛飞了起来，目光炯炯有神，直视前方。一人一马和火车并肩而行，奔驰在一望无垠的原野上。

突然，我看到前方有一堵石墙，呼吸一下急促起来，不好，撞上去会受伤的，快停下！

没想到他们并没减速，而是直接从墙上一跃而过。火车这时拐了个弯，与他们渐行渐远了。

突然，我心底涌起一种熟悉的感觉，好像我之前曾多次做过同样的事，像风一般自由地奔跑、跳跃——我似乎能切身体会到这种酣畅淋漓的快感。这是我喜欢干的！我轻轻敲了敲窗子："我也要骑马。"

杰米笑了。

"怎么？不行吗？"我问。

"你走路走得很好。"他说。

我不想告诉他，我的脚现在很痛，不知道还能不能再走，于是我说："是的，我也这么觉得。"

第五章　砧板上的鱼

接下来的旅程很辛苦，当然这是意料之中的事。火车一路上走走停停，停停走走。灼热的阳光透过窗户照进来，把车厢变成了一个大蒸笼，闷得透不过气来。年龄小的一路上都在哭哭啼啼，大一点的则吵闹不停。

终于，火车在一个站台停下了，但一个霸道的女人堵在门口，不准我们下车。她先和带队老师吵，接着和全体老师，甚至司机吵了个遍。老师们恳请她发发慈悲，让我们这群可怜的孩子下车，但这个上穿类似军装的制服、下着裙装的女人板着一张脸，丝毫不为所动。

她敲着手上的文件板让带队老师看："这上面写得清清楚楚，我来这儿是接七十个带着婴儿的母亲，而不是二百个学生！"

"我不管上面写的是啥。"带队老师说。

我们这节车厢的负责老师摇了摇头，打开车门对我们说：

“全体下车去上厕所，稍后我们会提供饮食。”

我们一拥而出，其他车厢的老师见了，也把门打开让学生下车。“铁面女”皱眉并大声呵斥起来，但没人理她。

我从没见过这么混乱的场面，比烟花表演还热闹。

杰米扶我下了车，虽然全身僵硬，但我急着去上厕所。“到时你教下我怎么用厕所。”我说。这听起来滑稽，但却是实情。家里没有卫生间，楼道里虽有公用厕所，但我用的是马桶，由妈妈和杰米负责清洗。

“但我要去男厕所。”杰米为难地说。

“男厕所？”

“看到了吗？”他指了指两个门，确实，男孩们都认着一个门进，而女孩们则去了另一个门。很多人已经上完出来了。

“那快说说怎么用。”

“便完后冲水。”

“冲水？怎么冲？”

“有一个把手或类似的东西，把它按下去就行了。”

轮到我时一切都很顺利，包括冲水。厕所里还有洗手池，我洒了些水在滚烫的脸上。对面一个蓬头垢面的女孩也在洗脸，我从没见过这么脏的女孩，不禁朝她皱了皱眉，她也朝我皱了皱眉。

我突然反应过来，这是一面镜子。

妈妈也有一面镜子，但挂得太高，我根本够不着。看着镜子，我惊得说不出话来，之前我一直以为自己跟别的女孩一样，但镜子里的这个小女孩头上顶着打结的头发，白得瘆人的皮肤上满是灰垢，脖子周围尤其明显。下身那条褪色的脏裙子因为太短，露出了膝盖上触目惊心的茧巴。

我能做什么呢？我深吸一口气，一瘸一拐出了门。杰米正等在外面，我用挑剔的目光从头到脚打量了他一遍：衬衫已看不出本来的颜色，指甲缝里全是黑黑的泥垢。

“我们出发前应该洗个澡的。”我说。

他耸耸肩：“无所谓。”

但我觉得有所谓。

我们家的对面靠左有三幢楼，拐角处是一家鱼店。鱼每天早上送来，放在一块清凉的厚石板上等候买主。夏天气温高，鱼容易变质，富有经验的主妇们总是耐着性子挑挑拣拣，选那最新鲜的货。

我们现在就是那砧板上的鱼。

老师带我们进了一幢大房子，我们靠墙站成一排，供村民们评头论足，挑选合心意的带回家。

从村民的神情及言谈举止可以看出，我们这群人并不受欢迎。

“天哪，”一个妇人闻了闻一个女孩的头发，摇晃着身子走开了，“怎么脏成这样？”

“洗一洗就干净了。”铁面女手里拿着那个文件板，在现场维持秩序，“别那么苛刻。虽然来的人数比预计的多，但大家都发发善心吧。”

“发善心也不至于连脏老鼠都要抱回家吧，”一个老男人反驳道，“让这些脏东西睡在我床上，还不如让我去死。”

“他们是孩子，”铁面女说，“脏不是他们的错。”

我目光四处游移着，房间里有很多端茶倒水的乡村小姑娘，她们头上绑着发带，一个个光彩明媚，芳香袭人。

“也许不该怪他们，”另一个女人说，“但他们和我们的孩子也差得太远了。”

铁面女张嘴正想反驳，但一句话没说又闭上了，的确，我们和这些乡村小孩差别很大。

“艾达，”杰米低声对我说，“没人会要我们的。”

他说得对，人群渐渐散去，剩下的小孩越来越少，老师把剩下的聚拢在一起，夸着我们的优点，铁面女则继续游说还没走的村民。

一个蓝头发的老女人抓住杰米的胳膊：“丫头我不想要，这小子还不错。”

“你不会想要他的，”我说，“他爱偷东西、咬人，如果没有我的照料，他随时会癫痫发作。”

老妇人惊得下巴都要掉了，急忙放开杰米，领了另一个男孩走了。

最后，大厅里就只剩下老师、铁面女、杰米和我。妈妈说得对，没人想要我们。

第六章　好人家

“别担心。”铁面女说——这真是我听过的最荒谬的谎话。她拍了拍文件板：“我给你们找了个好人家。”

“他们人好吗？”杰米问。

“这是个单身女士，她人非常好。”

杰米摇摇头：“妈妈说好人不会要我们的。”

铁面女的嘴角抽搐了一下：“其实她没那么好，再说了，我是这次接收安置工作的负责人，还轮不到她说话。”

听她的意思，不管那位单身女士愿不愿意，都得接收我们。这倒不错，我松了一口气，把身体重心从瘸腿换到好腿。站着时还不觉得什么，但走起来就感到痛得锥心刺骨了。

“你能走吗？”铁面女问，“你的腿怎么了？”

“被啤酒公司的小货车给碾了，不过现在已经没事了。”我说。

“你为什么不拄个拐？”

“拐”？我压根儿不知那是什么东西，所以只是耸耸肩不说话。我朝门口走去，没想到腿不争气，没走两步就摔倒在地。我紧紧咬住嘴唇，免得叫出声来。

“天哪！”铁面女在我身边蹲下来，原以为她会尖叫，或拉我起来，没想到她把胳膊伸到我身下，一把把我抱了起来——这比我摔倒还糟！“走快点。”她边向外走边对杰米说。

外面停着一辆汽车，她把我放在后座上，杰米爬上我旁边的座位，眼睛睁得大大的。铁面女把车门关好后，坐进驾驶室发动了引擎。她转过头来对我们说：“不远，就一分钟。”

杰米摸着车窗下面锃亮的装饰木条，笑道：“没事，你慢慢开，我们不急。”

房子位于一条幽静的小巷尽头，道两边是郁郁葱葱的树，高大蓬勃的树冠舒展在树干上，宛如绿色的华盖遮住了整个天空。绿树掩映下的小屋沐浴在一片金色阳光中，葡萄藤爬上红砖砌成的烟囱，疯长的灌木一直抵到窗边。房子是灰色的，但门被漆成了跟烟囱一样醒目的红色，上面覆着一小片防雨棚。门窗紧闭，窗户被窗帘遮得严严实实的。

屋里的人似乎已进入了梦乡。

铁面女像是被激怒似的把车猛地停下，轮胎发出了刺耳的摩擦声。她关掉引擎，对我们甩下一句“在这儿等着”就下车去了门口，把门敲得震山响，里面却无人应答。“史密斯小姐！”她叫道。见屋里仍没动静，她转了一下门把手，进去了。

我用胳膊肘戳戳杰米：“你过去听听。”

门没关，杰米在门边站了几分钟后回来了：“她俩在吵架，那位女士不想要我们，她说不知道有战争。”

她不想要我们倒不奇怪，但说不知道战争就有点胡说了，她要么在撒谎，要么是白痴。

我耸耸肩：“大不了我们去别的地方呗。”

刚说完，右边灌木丛后面突然伸出一个黄色的马脑袋，盯着我一动不动，我马上把这想法抛到了九霄云外。

这是一匹矮马，它站在一堵低矮的石墙后面，鼻子上有一道白色条纹，眼睛是深棕色的，耳朵直直向前伸着，嘴里发出低低的嘶鸣声。

我戳戳杰米，又指指矮马，脑中浮现出骑马少女的英姿，有种美梦成真的感觉。

杰米低声问：“它住在这儿吗？”

如果它不是史密斯小姐的马，就是邻居的，不管它是谁的，我跟它走！我下了车，却迈不开步子，不得不抓住杰米：“帮帮我。”

“到马那儿去？”

“不，去房子那儿。”我们摇摇晃晃走上石阶，进了那道红门，阴暗而拥挤的屋里弥漫着一股刺鼻的味道，房间里摆满了厚重粗笨的家具，上面搭着深紫色的布，带有装饰图案的墙纸和地砖也是暗色调的。一个脸色苍白、身形瘦削的黑衣女人正端坐在一把紫色椅子上，铁面女坐在她对面。黑衣女就是史密斯小姐，苍白的脸颊上有两团醒目的红色，一头浓密的黄色卷发像蓬松的云，包住小脸。“……我一点都不了解他们。”她说。

“就是这两人！”铁面女说，“女孩脚受伤了。孩子们，这是史密斯小姐，史密斯小姐，这是……”她停下，疑惑地看着我们，其他孩子都有名牌，但我们没有。“你俩叫什么名字？”

我迟疑了。也许我可以改个新名字，像公主用的什么伊丽莎白，什么赫克，甚至希特勒，反正他们又不知道我的真名。

“艾达、杰米。”杰米回答道。

“艾达、杰米什么？”铁面女问，“你们姓什么？”

“希特勒。”我说。

杰米飞快地瞟了我一眼，但没说话。

“别乱说。”铁面女责怪道。

“我不是有意的，我根本不知道希特勒是什么意思。”

“那你就不姓希特勒，告诉史密斯小姐你姓什么。”

“史密斯，”我说，“艾达·史密斯和杰米·史密斯。”

我的回答似乎激怒了铁面女，她吸了一口冷气：“是吗?! 算了，无所谓。”她转头对史密斯说，“老师那儿有记录，我帮你问下。我得走了，这一天可真够呛。”她刚站起身，我立刻在离门最近的一把椅子上坐下，而杰米则占据了另一把椅子。

“再见。”我对铁面女说。

“我喜欢你的车。”杰米说。

“你不能说走就走。”史密斯小姐跟着铁面女出了门。她俩在外面又争论了几分钟，但我知道谁会赢，铁面女可不愿再一次接受失败的结局。

果不其然，汽车最终呼啸着开走了，史密斯小姐怒气冲冲地进了门：“我可不知该怎么照顾小孩！”

我耸耸肩，我根本不需要照顾，但此时此刻，还是什么都不说为妙。

第七章　史密斯小姐的家

史密斯小姐突然看到我头上有一只虱子——我发誓在上火车前是没这个东西的，她很重视，以一种不容置疑的口吻要我们马上去洗澡。她目光落到我脚上：“你能自己上楼吗？你的脚怎么搞的？”

“啤酒车轧的。”我说，她不再追问下去。我坐在地上，一次一台阶地挪上楼，跟在史密斯小姐后面进了个白色的房间。她打开水龙头，把大浴缸注满热水后就出去了，说是给我们私密的空间——我不太懂这是什么意思，不过这一大缸热气腾腾的水真是太棒了！房间里有肥皂和厚毛巾。我拿了一小块白布抹上肥皂，往脸和脖子上一擦，布立马变成了灰色。我们从头到脚洗了个痛快，洗完后也不用舀水，脏水直接就从缸底的一个洞流走了。干净的杰米裹在浴巾里，笑得像朵花似的。我也裹上浴巾，让头发随意地披散在肩上。“这儿真高级啊。”杰米感叹道。

我点点头，这儿确实是个好地方，就算史密斯小姐是个恶人也没啥，反正在家里过的也不是什么好日子。

史密斯小姐敲了敲门，问我们带来的东西放哪儿了。我不太明白她的意思，带的食物吃完后，空纸袋我就留在火车上了。

“你们的换洗衣服，”她解释道，“你们不可能把换下来的脏衣服又穿回去。”

她这一说我明白了。别的孩子都有行李，只有我和杰米没有：“我们没别的衣服，就这一身。”

门突然开了，她站在那儿，我来不及把右脚藏到左脚后面。“这不是啤酒车轧的，”她恼怒地把门又推开了一点，“一看就是先天性残疾，你看看，一路上都是血。”说着说着，她的手扬了过来。

我下意识地把头一偏。

她愣住了：“我不是要打你，我是想帮你。”

确实，她并没有因为我弄脏了地板而大发雷霆。

她蹲下来握住那只畸形足，我想挣开，但她握得很紧：“有意思，理查德三世也是这种马蹄足，但我从没见过。”

我竭力转移自己的注意力，想刚才那匹矮马，想与火车并行的矮马，还有，骑在马上尽情驰骋的我……想想这些美好的事，别管史密斯小姐在做什么……

“对了，”她说，“明天我们就去看医生，看你的脚还有没有救。”

“医生不会喜欢她的，”杰米说，“好人都不会喜欢她那只烂脚。”

史密斯小姐扑哧一声笑了：“那你们算来对地方了，我可不是什么好人。”

她不是好人，却平静地擦去了地板上的血；她不是好人，却将我的右脚用块白布小心地包扎好。她还给我们每人找了一件干净的衬衫换上。衬衫很大，穿好后下摆垂到膝盖位置了。她花了很长时间把我们打结的头发梳通，之后煎了一锅鸡蛋：“我不知道你们会来，这周没去买菜，将就着随便吃点吧。”

虽然嘴里说着“将就”“随便”，但餐桌上还有抹了奶油的面包和加了糖的热茶。鸡蛋看起来黏糊糊的，但肚子饿了吃啥都香，而且味道确实挺棒。我用面包擦着盘子时，她又舀了一匙鸡蛋给我：“我该怎么来照顾你们呢？”

这真是个不好回答的问题。“你不用照顾我们。”我说。

“艾达会一直待在屋里。”杰米说。

“然后我会照顾杰米，”我说，“你什么都不用操心。”

史密斯小姐皱起了眉：“你们多大了？”

这个问题让我有点不安：“妈妈说杰米是六岁，他已经上小学了。”

“他那个头儿有六岁？”

“妈妈说的。”

“那你肯定比他大啰？你上学没有呢？”

杰米抢过话头：“她没有，她脚不好。”

史密斯小姐哼了一声：“脚不好又不是脑子不行。”她拿起餐刀轻轻敲了敲盘子边：“那你生日是什么时候？还有你姓什么？说真话，可别再胡说史密斯什么的了。”

“我们叫艾达和杰米，姓史密斯，就是这样。”

她生气地看着我，我也毫不畏惧地看着她。过了一会儿，她的眼神柔和起来：“你是真不知道？”

我看着盘子里的鸡蛋，说：“我曾问过妈妈一次，但她说这不重要。”

她吸了一口气：“好吧，杰米六岁，你比他大，算你九岁怎样？”

从她说话的口气，我无法判断她有没有生气。我耸耸肩，九岁就九岁吧，我会数数，八、九、十。

“我要给你父母写信。索顿夫人会给我地址，他们一定会告诉我实情的。”她看了看我和杰米，“对了，你们的爸爸是做什么的？”

“不知道，他已经死了。”我说。爸爸离开我们好几年了，要么是死了，要么是离家出走了，我不知道是哪个。每当我闭上眼、集中精力想忆起他的模样时，脑海中却只浮现出一个非常模糊的身影：高个子，话不多，与妈妈截然不同。

“哦，那我写给你妈妈好了。”史密斯小姐说。

史密斯小姐不是好人，但她给我们准备的床柔软、干净，上面铺着光滑的、薄薄的褥子，以及暖和的、厚厚的盖毯。她把窗帘拉上，挡住外面的光线。

我一躺上床就觉得累得不行，但在睡过去之前，我还有一个重要的问题：“小姐，那匹马是谁的？”

她抓着窗帘的手停了下来，目光看着窗外：“它叫‘黄油’，是贝基送给我的。”

“贝基是谁？”杰米问，但她没有回答。

第八章　黄油

第二天，我们醒来时已日上三竿，史密斯小姐还在睡，隔着过道都能听到她的鼾声。

我下楼给杰米做了早餐，像在家一样爬着走，虽说我现在能直立行走，但爬起来要快得多。

客厅有一扇后门，门后是一块用石墙围起来的狭小空地，再往外是一片很大的空地，周边也围着石墙。那匹叫黄油的矮马就站在那片很大的空地上，脸朝向屋子，耳朵支棱着，一脸警惕地看着这边。

我笑了，它是在等我吗？

杰米抓住我的胳膊："你不能出门的。"

我把他推开："那是过去的事了，从今天开始，我想去哪儿就去哪儿。"

他摇摇头："你这么自信？"

是的，这是对我勇敢学会走路的回报！我还会继续坚持下去。现在，我要走到马那儿去。

在黄油的注视下，我忍着刺骨的痛，跌跌撞撞走到石墙边。我骑上墙，把两条腿移到墙的另一边。黄油走过来，低下头闻我的手，还把脖子亲昵地靠在我身上。我张开胳膊圈紧它，它身上有一股暖暖的味道，就像灼热阳光下融化的黄油，真是马如其名。

我想骑上它，却不知该怎么做。虽然矮马体形娇小，马背离地面还是有一段距离，而且我看到骑马少女手上还握着缰绳之类的东西。我站起来，扶着马颈小心翼翼地走了几步。

柔软的青草摩挲着我赤裸的左脚，清凉的露水打湿了脚板，甚至连右脚裹着的绷带也浸透了。地面踩上去软绵绵、湿乎乎的，像新烤出来的面包，走在上面有一种不真实的感觉。四周都是树，树冠在阳光中轻轻摇摆着，鸟儿啁啾其间，我在家时也见过鸟，但从没听过这么多鸟一起“大合唱”。

这儿还有花。

杰米口里哼着歌，手里拿着一根不知从哪儿找来的棍子东敲一下，西敲一下，玩得挺开心。黄油低头在我手上嗅个不停，好像那儿有好吃的。早知我该给它带点吃的，它喜欢吃什么呢？

黄油的鼻头温暖柔软，我的手依次经过它的头、耳，最后停在长满鬃毛的脖子上来回抚摸。它惬意地喷了口气，往我身上靠了靠，转身走开吃草去了。

我顺势坐下，看它不紧不慢嚼着青草，似乎在说：伙计，其实我不饿，只是嘴里想嚼点东西。它间或甩一下尾巴，或踱个两三步去吃更新鲜的草。

暖暖的阳光照着我，原本酸疼僵硬的身体渐渐放松，不知不觉，我躺在地上睡了过去。醒来时，史密斯小姐正站在旁边低头看着我。

“你晒伤了，”她说，“你在外面待的时间太长了。”

我坐起来伸了个懒腰，感到浑身疼痛，裸露的双腿晒成了粉红色，摸上去一阵灼痛感，不过我早已习惯身上这儿痛那儿痛了。

“你不饿吗？”她有些气恼地问。

我眨眨眼，当然饿，早饿得前胸贴后背了——这种感觉对我来说不陌生，但我该说什么呢？她是想听到我说饿还是不饿？

“你怎么不叫醒我呢？”她又说。

叫醒她？我才没那么傻呢。

“来，”她伸出一只手，“时间有点晚了，我得赶快带你去看医生，然后再去购物。”

“我不需要看医生。”我说。

“别说傻话。”她把我从地上拉起来。

我想把她的手甩开，但脚痛得实在厉害，只得由着她把我扶回屋。杰米正在餐桌旁吃罐装豆子和烤面包。我坐下来，史密斯小姐从罐筒里又倒了一些豆子出来：“你的绷带脏了。”

我吸了一口气，还没说话，杰米抢先道：“我说了她不能出去的。”

“胡说。”史密斯小姐不客气地回道，“她当然可以出去，不过需要做好保护措施。你昨天穿的鞋子——”

“那是我妈的。”我说。

“看得出不是你的，但正常的鞋子你也穿不上。”她说。我耸耸肩。“你不能这么得过且过一辈子，还是去看看医生怎么说吧。我们一会儿坐出租车去，要知道，我可不是每天都能打得起的。”

我点点头，她说得对。

原来坐出租车和打的是同一个意思，两天内坐了两次车，我以前从没享受过这种待遇。

我知道医生是做什么的，但从没见过。这个医生的眼睛前有两个圆圆的像窗户玻璃一样的东西挡着，看起来挺滑稽。他穿着一件长长的、类似屠夫穿的那种白外套。“坐上来。”他拍着一张大木桌对我和杰米说。杰米轻松地一撑就上去了，但我不行，医生这才注意到我的脚，把我抱了上去。

妈妈的手除了打我之外从不作他用；杰米经常给我一个

"抱抱"，但他抱不起我来。到这儿之后，已有太多人抱我，和我有身体接触了。我不喜欢这样，一点也不喜欢。

医生在我和杰米身上左敲右按，又让我们脱去衬衫，把一个冰冷的金属物放在我们胸口，金属物上有两根胶管通向他耳内。他拨开我们的头发检查头部，又看了皮肤上的痂，口里吐出几个字："脓疱疮。"我不知道这是什么，但史密斯小姐从手提包里拿出一个小笔记本开始做记录。

"营养严重不良。"医生说，"女孩还有佝偻病，好在不严重，让她多晒太阳，饮食上加强营养，多喝牛奶。"

"我该怎么做？"史密斯小姐问，"我从没照顾过小孩。"

"让他们吃饱饭，勤洗澡，睡够觉。"医生笑着说，"其实跟照顾小狗没什么区别，比养马简单多了。"

"马是贝基的。"史密斯小姐没好气地说，"我从没养过狗。"

"贝基是谁？"杰米问，我嘘了一声让他住口。

"艾达的脚你怎么看？"史密斯小姐又开口道，"有办法治好吗？"

我把右脚往里缩了缩，但史密斯小姐拍了拍我的膝盖："让医生看看。"

我不想这样，不想有人再碰那只脚，我把它包好藏着掖着，有力气时走两步，这就行了呗。

史密斯小姐把我的右脚一把拽了出来："别乱动。"

医生轻轻捧起脚，拆开绷带："天哪，这只马蹄足从没矫正过，我还是第一次见呢！"

"我还以为马蹄足很常见呢。"史密斯小姐说。

"是很常见，但大多在婴儿时期就矫正了。"

史密斯小姐叹了一口气，声音中包含着某些我尚不能理解的东西。"那为什么——"她看了我一眼，把说了一半的话咽下去了。

矫正，我心里默念着这句话，我的脚没有得到矫正，是我做错了什么事吗？虽然我有些不相信，但按照妈妈的说法，这都是我的错！

马蹄足。这是他们对这种脚的称呼。

医生把我的脚按来按去、扳来扳去时，我思想又开起了小差。这一次我想起了黄油，它那温和的体味，暖暖的鼻息……从这一刻起，黄油成了我的精神寄托。

"艾达，别走神儿，格兰姆医生在问你话呢。"史密斯小姐拍拍我的脸蛋，把我唤回现实。检查已经结束了，医生正用一块新绷带把脚重新包起来。

"脚痛得厉害吗？"他重复了一遍问题。

怎样的痛才算厉害？他想听到什么样的回答？我耸了耸肩。

"他说的关于专科医生的事，你听懂了吗？"史密斯小姐问。

我看着她，她也看着我："要还是不要？"

我摇摇头。

史密斯小姐和医生交换了一个眼神，我感觉我可能说错话了。

"格兰姆医生认为专科医生可以动手术，来矫正你的脚。"

我不知道专科医生是什么，也不懂手术是何意，但我知道最好别问。"好的。"我说。

史密斯小姐笑了："手术听起来吓人，但肯定是为你好。我这就给你母亲写信，我想她会同意的，现在你先拄个拐。"

拐杖是木制的，拄在腋下，配合着那只好脚就可自由行走，因右脚不会触地，走起路来一点也不痛。

医生说："看吧，我就知道她会笑的。"史密斯小姐摇摇头说："我不信她是真的高兴。"

从医生那里出来后，因为离火车站不远，我又拄着拐，所以我们没再打的。一路上，没人对我评头论足，我们去商店买东西也没人赶我出去。我小心翼翼，不敢碰任何东西，直到史密斯小姐主动叫我："艾达，帮我捡三个苹果。"我才放心大胆地捡了三个苹果，其间，店主甚至看都没看我一眼。

店内物品丰富，看得我眼花缭乱。史密斯小姐买了肉、蔬菜、水果等一大堆杂七杂八的东西，而且用现金一次性付清。我从没见过有谁花钱花得这么豪爽，不禁用胳膊肘碰了一下杰米，他心领神会地点点头，看来史密斯小姐很有钱。

史密斯小姐站在人行道上数了数剩下的硬币，轻轻叹了口气，带我们去了一间砖石结构、看起来非常庄严的商店。几个人坐在一排柜台后面，不知道他们是卖什么的。

“这是什么地方？”杰米问。

“这是银行。”史密斯小姐说，“你们应该去过银行。”

不知她为什么会这么想，我连“银行”这个词都没听说过。史密斯小姐在一张小纸片上草草写了几个字，递给柜台后的一个男人，他数出几张纸钞给了她。

“原来是卖钱的店。”杰米瞪大了眼小声道。

我点点头，显然我们之前住的地方没有这种店。

今天我们换回了自己的衣服，没再穿着史密斯小姐那不合身的衬衫，不过，她把我们的衣服洗得干干净净，散发着一股清香味。她带我们进了一家布店，给我和杰米每人从头到脚置办了一套新衣和三套内衣内裤——她说从现在起我们必须穿内衣，还买了鞋袜。

“我有鞋子了。”杰米看着史密斯小姐给他选的大靴子说，“艾达不用穿鞋。”

史密斯小姐没理他，店主——一个眉毛浓密、面相凶恶的人——说话了：“小姐，这些逃难的真烦，我家老婆子已经受不了准备把他们给退回去啦，邋遢不说，还天天尿床！”

史密斯小姐瞪了他一眼，店主识趣地住了嘴：“对不起。”等到我们出门时，我左脚已穿上了一只棕色的皮鞋。

一只真正属于我的鞋子。

当然，史密斯小姐买的是一双，她把另一只放进袋中：“我们留着它，也许有一天……”

我不知她是什么意思，也懒得问，虽说拄着拐，这一路走下来也累得我够呛，我只想马上回家去。杰米在我前面又蹦又跳，笑逐颜开：“如果他们再把你的脚弄好就更好了！”

我朝他笑笑，他真是个无可救药的小傻瓜。

第九章　她不是个好人

回到家已是晚上，史密斯小姐从起居室一个油光锃亮的木柜里拿出一个收音机，取出旧电池，换上新电池。以前住的小巷里有几户人家也有收音机，所以我对这玩意儿不陌生，只是没近距离看过。她扭开开关，声音立刻流淌出来，是一个人在讲话。

她叹了口气，把收音机关了："我只想听音乐，但没准儿以后全是有关战争的新闻。"她坐在那儿打了个哈欠。

我心思还在买回来的那一大堆食物上。我站起来，征询她的意见："小姐，要不要我去煮点茶？再切点烤面包？"

她皱起眉："不。"

我失望地坐了回去，肚子饿得咕咕叫，但是，算上早晨吃的面包，今天我们已吃过两顿饭了。

"现在该吃晚饭了，"她挤出一个笑容，就像妈妈那种跟快乐完全不沾边的笑，“我这就去做饭，该我来照顾你。”

说得倒是好听。

但她确实起身忙活开来，做了非常丰盛的一顿晚饭：火腿，白水煮土豆，一种从罐子里倒出来的小圆豆子，她叫它作“豌豆”，还有番茄，跟杰米偷的番茄一模一样，只是被切成了厚片。还有黄油面包，另外还有很多好吃的，色香味俱全。我舀了一匙豌豆放进嘴里，它们四处滚动，但在舌头的挤压下最终变成了豆泥。

我从没吃过这么丰盛的一餐，仿若置身梦中。杰米走累了情绪不好，埋着头一个劲儿地吃火腿，别的菜看都不看一眼，这让我很生气。史密斯小姐并不想收养我们，却给我们做了这么多好吃的，还给我们买鞋，鼓励我出门。

“你吃你的，别管他。”当我劝杰米别老吃肉时，史密斯小姐有些疲惫地制止道。她转头对杰米说：“在把你盘里的东西吃完之前，不准再夹菜。”

饭前，桌上放有餐巾，叠得整整齐齐放在餐叉下面。坐下后，我们学着史密斯小姐的样儿将其铺在大腿上。杰米抓起餐巾盖在头上，闷声闷气地说：“我只想吃火腿！”

“把你盘子里的东西都尝尝，再吃火腿。”史密斯小姐说，“你可以吃自己喜欢的东西，但不喜欢的也得尝尝。现在把餐巾拿开。”

杰米把盘子猛地摔到墙上，碎片向四周飞溅开来，史密斯小姐啊地惊叫起来。

该好好修理下他了，我从地上捡起一片番茄，塞进杰米紧闭的双唇，他把它吐了出来。“吞下去！”我又抓了把豌豆拼命往他嘴里塞，他噎住了，喉间发出呃呃的声音。史密斯小姐过来把我拉开。

“艾达，别这样，会伤着他的！”

我知道，但谁叫他不听话。

“罚你现在就去睡觉，杰米！”她抓住杰米在空中乱晃的胳膊，把他从地上拖起来带上楼，“洗完澡就上床！”杰米一路上都在大喊大叫，乱踢乱打。

我真想杀了他，竟然这么不听话。

我拄着拐站起来，把撒落一地的碎片和食物收拾干净，擦干净匆忙起身时不小心打翻的水。杰米的号叫声一直没停，我想史密斯小姐要么在给他洗澡，要么在收拾他，不管哪种都行。

收拾好后我上了楼，有拐方便多了。杰米已经安静下来。“澡盆里我给你接了干净水，”史密斯小姐说，“你吃好了吗？”

我点点头，其实我没吃饱，但胃抽搐得厉害，什么也吃不下。

浴室里已备好热水、肥皂和毛巾，我其实不脏，但泡在热水里让我身心一下放松了。洗完澡后，我换上一种叫“睡衣”的新衣服，这种衣服是两件套，纯蓝色，只在睡觉时穿。面料非常柔软，我忍不住将衣服紧紧贴在脸上感受着这种“柔”。其实，这儿的一切都“柔”得可怕，让我觉得自己不像自己了。

回到卧室时，杰米蜷成一团已睡着了，还打着呼噜，史密斯小姐坐在床边一把椅子上打着盹儿。她不是个好人，我默念着这句话，沉沉睡去。

睡到半夜时，我突然一个激灵醒了过来，这种事以前发生过，大多是妈妈带了客人回家把我惊醒了。我坐起来，拉过毛毯紧紧裹在身上，大口大口喘着粗气。

史密斯小姐的声音传来：“没事的，艾达，别怕。”

我转过头，她仍坐在床边那把椅子上。月光透过窗子照进来，她的脸正好隐在阴影中。

我心跳得咚咚响，头有些晕。

“别怕，”她说，“你是不是做噩梦了？”

是吗？我不知道，杰米躺在我身旁，嘴微张着，呼吸轻缓而平稳。

“德国人丢炸弹了吗？”我问。

她摇摇头：“我没听到任何声音，不过我也醒了。”她把手腕伸到月光下，“都三点钟了，本想坐坐就走，没想到不知不觉睡着了。”

她话中透着一股欣喜。“好久没睡得这么香了。自从贝基去世后，我一直睡得不好。”

“贝基什么时候去世的？”我问。

她清清嗓子："三年前，到下周二就正好三年了。"

她整整三年都没睡个好觉？

"这也是为什么当初我不想收留你们的原因之一，"她继续说道，"并不是你们不好，而是我这个人一到秋天就不对劲，白天那么短——其实冬天也是一样，我从来不喜欢秋冬季，在我还像你这么小的时候就不喜欢，我讨厌黑暗和寒冷。"

我点点头，我也讨厌黑暗和寒冷。一到冬天，我的手脚长满冻疮，又痒又痛，简直不是人受的罪。"贝基是你的小孩吗？"

"我的小孩？"她笑了起来，"不，她是我的朋友，我最好的好朋友，我们是大学同学，这栋房子就是她的，她走后留给了我。"

"还有黄油。"我突然想起这个。

"黄油她很早就给了我，想让我像她一样喜欢马，但我让她失望了。"

"她是怎么死的？"

"她得了肺炎，那是一种肺上的病。"

我点点头，和她这么说着话，我的恐惧感不知不觉消失了。我松开抓着毛毯的手，重新躺了下来："要不你就在这儿睡吧。"杰米睡在床正中，她可以睡在另一侧。

她摇摇头："不了，我这就——不过也行，就这一次。"她在杰米身旁躺下，抓过毛毯搭在身上。我抓住毛毯另一角，重新感受到那无与伦比的柔软和温暖。

再次醒来时天已大亮，教堂的钟声透过敞开的窗户传进来，在屋内回响着。我听到史密斯小姐说：“杰米，你尿床了。”

在家时他从没尿过床，我想起鞋店里那个人曾抱怨过住在他家的孩子尿床，于是不满地瞪了杰米一眼，他马上哭了。

“没关系的，”尽管面带愠色，但史密斯小姐说得轻描淡写，“洗洗就行了。星期一去买张橡皮垫垫在下面，再尿床也不怕了。”

她似乎永远有买不完的东西，我开口道——主要是想印证一下我的猜想：“当然，你有钱嘛。”我想，她住着这么豪华的房子，吃着这么好的食物，还有银行给她钱，肯定是个有钱人。

“你说错了，我是靠变卖贝基的猎狐生活。”她站起来伸个懒腰，耸耸肩道，“怎么都在敲钟？我们怎么睡了这么久？作为你们的监护人，我本来还想带你们去教堂呢，但现在太晚了。”

她下楼煮茶，让杰米把收音机打开。一个低沉、浑厚的嗓音正在播报，声调严肃、缓慢，我和杰米不由得坐了下来，史密斯小姐也过来坐下，和我们一起倾听。

这个严肃的声音说：“就在刚才，首相正式对德宣战，全国自今日起进入战争状态。”

教堂的钟声不知什么时候停了，四周一片寂静。杰米问：“德国人会轰炸我们吗？”史密斯小姐点点头：“会的。”

第十章　别送我回家

直到此时，我才又想起轰炸的事。虽然大家认为只有伦敦会遭到轰炸，但我把这么大的一件事忘得一干二净，着实不应该。

胃部那种痉挛感又来了。“他说我们现在进入战争状态是什么意思？”我问，“不是早就开战了吗？所以我们才被送到这儿来的。”

“政府是提前把城里的儿童进行了疏散。”史密斯小姐解释道，“他们知道迟早会有这一天，但不知是哪天。”

“如果他们知道迟早会有这一天，为什么不想办法阻止？”我说。

史密斯小姐摇摇头：“你阻止不了希特勒的，但别担心，你在这儿很安全，你妈妈也不会有事的，我敢说你很快就可以回家了。”

话虽这么说，但她脸上勉强挤出的笑容告诉我她在说谎，我不明白她为何要说谎。

“别。”我想都没想就脱口而出，紧接着我抿紧了唇，避免说出下面这句心声：我宁愿待在这儿。

史密斯小姐看起来很吃惊，她正想说点什么，杰米突然哭起来了：“我要回家，我不要打仗，也不要被炸死。我害怕，我要回家。”

我一想到家就无法呼吸，对我来说，家是比炸弹更可怕的东西，真不知杰米是怎么想的。

史密斯小姐叹了一口气，掏出手帕拭去眼泪，又给杰米擦了擦脸：“没人关心我们这些小老百姓怎么想。来，吃饭了。”

饭后，史密斯小姐又坐在收音机旁，眼神茫然地望着远方，面上没有一点喜色。“小姐？”我问，“轰炸开始了吗？”

她摇摇头：“没有，伦敦的空袭警报只是演习。”

我在她旁边一把椅子上坐下，收音机里那个低沉浑厚的男声仍在继续。“小姐，”我问，“猎狐是什么？”

她似乎还没睡醒：“你说什么？”

我重复了一遍问题：“你说你靠变卖贝基的猎狐为生。”我知道变卖是什么意思，我们住的那条小巷里就有一家典当铺。当码头不好找活儿时，主妇们就带着家里的东西去那儿换钱。

“猎狐是一种名贵的马。”她说，“贝基有两匹。”

“我们可以少吃点。”我说，“杰米和我饿惯了的。”

她目光一下凌厉起来：“胡说！你瞎担心什么？我能应付的，再不行还有索顿夫人呢，管你们吃喝不成问题。”

“只是——”她话中隐含怒气，让我欲言又止。

“我说了不用你操心。对了，今天天气这么好，你不想出去玩玩？”

杰米已在外面玩了一阵了，我点点头，拄着拐出去了。黄油正在远处吃草。“黄油！”我翻过围墙叫道，它抬头看了我一眼，却没走过来。

我躺下来，感受着大地的魅力：绿草、黑土、鲜花、飞虫。我翻了一个身，触摸小草的柔软，嗅嗅它的清香，还好奇地拔了一根出来，接着我的目光又落到前方一朵小白花上。

一股温热的气息突然扑到我后颈上，翻过身来时我笑了，本以为是杰米，却原来是黄油。它嗅嗅我的脑袋，移到一边继续吃草，黄色的长尾巴甩来甩去赶着苍蝇。我的目光紧紧追随着它，怎么看也看不够。

随着太阳落山，凉意渐生，正好史密斯小姐叫我们回去吃晚饭。进屋后她看着我：“你是去泥里打滚儿了还是怎的？”

我不知她是什么意思。

“没事的，”她说，“别苦着个脸，洗个澡就好了。”

杰米惊叫起来：“又洗澡？”

“坐下吃饭。”史密斯小姐说，“是的，每晚都要洗。”

“每晚？”虽说我身上沾了些泥巴之类的，但比起以前干净多了。

“我不介意你们像泥猴，”史密斯小姐说，“但不能把泥弄到被褥上去。”

显然，她还是有那么一点介意。杰米和我四处张望，屋里很多东西我们都叫不出名字，所以最后我只得问她：“小姐，被褥是哪样东西？”

原来，被褥就是床上那些白色的薄毯。今天的晚餐是一种装在碗里叫“汤”的东西。喝汤还讲规矩，要用汤勺，不能端起碗直接喝。我饿了，史密斯小姐怎么说我就怎么做。汤是咸的，里面有肉丁。

但杰米不想吃这个。

“你不吃就只能饿着肚子上床。”史密斯小姐说，“我今天就只做了汤，没得选。”

她说得不对，橱柜里食物多着呢。不过杰米以前就经常饿着肚子睡觉，再多一回也无妨。

杰米把头埋在枕头里哭了很久。第二天早上醒来后，他发现自己又尿床了：“我要回家，我想像以前一样跟比利·怀特玩，我不要在这儿了。”

我不想，永远不。我已经逃出来了，如果送我回去，我想我会再逃一次。

第十一章　反常的史密斯小姐

新的一周开始了，这周发生了三件事。第一件与史密斯小姐有关。星期一她很反常，除了做饭，其余时间要么蒙头大睡，要么望着天空发呆。星期二更糟，连床都没下，好在我看过她做饭，知道怎么用炉灶。照顾杰米吃完饭后，我煮了茶，让杰米端着去了史密斯小姐的房间。

她已经醒了，躺在床上一动不动，眼眶泛红，眼神空洞。看到我们进来，她脸上露出惊讶的神情，但仍没起身："我已经跟索顿夫人说了，我不要你们了，我不适合照顾小孩，我就是这么说的。"

我把茶放在她床边的桌子上："喝点茶吧，小姐。"

她坐起身："你不要这样，应该是由我来照顾你的。"她呷了一口茶，突然泪如泉涌，"你竟然还放了糖。"

她喝茶一向只放糖，不加奶，这是我观察到的。"是的，小姐。”我稍稍退后，以防她突然愤起给我一巴掌，“只放了一点，剩下的糖还多着呢，我没偷吃。”其实我悄悄给了杰米一些。

“我不会打你的，”她说，“记住，我虽对你关心不够，但绝不会打你，也不会骂你。你想吃什么就自己拿。你给我煮了茶，还记得放糖，真是太贴心了。”

“好的，小姐。”我心想，“贴心”是什么意思？这是个好词还是坏词？

她叹了一口气：“你妈妈那边一直没消息。在索顿夫人给我准信前，你就先用着史密斯这个姓吧。”

“好的，小姐。”

“总比希特勒这个姓好。”

我转身准备离开，忙了一早有些饿了，我得给自己也弄点茶。

“虽说史密斯是个烂大街的姓，”她又补了一句，“但我肯定你在撒谎。”

喝完茶后史密斯小姐仍没起身，我让杰米在橱柜里自己挑他爱吃的东西，我也选了几样，心里还是有些不安，担心史密斯小姐会责怪我。到了晚上，杰米不想洗澡，我也由着他，但我洗了个时间超长的澡，放了满满一大缸热水，让双腿惬意地漂浮在水面。洗完澡后，我把杰米尿湿的垫毯撤去，睡了个舒服觉。

第二天早上史密斯小姐下床了，她的一头卷发像蓬松的云盘在脑后："今天我争取表现好点，昨天是因为……因为贝基，今天不会再那样了。"

我耸耸肩："我可以照顾杰米。"

"也许，"她说，"但你也需要人照顾。"

第二件事是皇家空军用了三天时间建了个机场，与黄油的牧场隔街相望。杰米好奇心强，逮着机会就钻进去。终于有一天，一个军官像拎只小猫似的把他拎了回来。"女士，"军官对史密斯小姐说，"看着点儿他，闲杂人员不准进入机场。"

第三件事是比利·怀特回伦敦去了。

杰米成天闹着要去找比利和其他朋友，我不知道上哪儿找他们，也不想瞎找一气。我很快掌握了拄拐的要领，走起路来得心应手。大多数时间我都在户外和杰米玩，花园里有一排被称为"马厩"的房子，贝基的马之前就住在里面，现在则成了我和杰米的游乐场，当然，我最喜欢的还是跟黄油待在一起。

星期四我们仨又去了镇上，因为食物快吃完了。刚到那儿就看到了比利·怀特，他正和他妈妈及几个姐姐在车站等火车。

“比利！”杰米跑过去，脸上乐开了花，“你住在哪儿？我住的地方不远，就在——”

比利说：“妈妈来接我们了，我们要回家去。”

杰米呆住了：“但……希特勒呢？你不怕轰炸？”

“起码到目前为止还没有。”比利的妈妈说，她揽着小女儿，看我冲那姑娘笑，她忙把她往后拉了拉，好像我那只瘸脚会传染似的。“再说，我也受不了和孩子们分开，不管怎样，我们全家人要在一起。”她斜眼看了我一下，“你是艾达？你妈妈说你也走了，当时我还不相信呢，不过确实没再看到你在窗口出现了。”她上下打量着我，特别是那只包裹着绷带的右脚——史密斯小姐每天都为我换洗绷带。

“我不是傻子，”我说，“我只是有只脚不方便。”

“我不知道，”她仍小心地护着她女儿，“你妈妈——”

“我给她写过信了，”史密斯小姐这时走上前来，“但也许你可以帮我们带个信给她，医生说——”

比利突然插进话来：“我讨厌这儿，收养我们的人坏着呢。”

“我也讨厌这儿，”杰米转头看着史密斯小姐，“能让我回家吗？你能不能送我们回去？”

史密斯小姐笑着摇摇头，好像杰米在说笑话。“我从没去过伦敦，连方向都找不着呢。”

“我要回家。”杰米说。

“斯蒂芬在哪儿？”我突然意识到没见着斯蒂芬。

一丝怒容浮现在比利妈妈脸上：“他不愿回去，他觉得自己的命金贵着呢。”她看我的眼神很奇怪，“看你和正常人在一起还真有些不习惯，我以为你早被送到精神病院去了。”

听她说话的口气，好像巴不得我被关起来，这让我深感意外。几年来，每当我在楼上看到她时，我都会招手致意，她也会向我挥手，我一直以为她是个好人，喜欢我，现在看来并非如此。我不知接下来该说些什么，正好史密斯小姐拍了拍我的肩膀，我就势偏过头，目光落在她的裙边上，我实在不想再看到比利妈妈那张脸了。

火车来了，比利妈妈催促着孩子们赶快上车，杰米叫道：“把我也带上吧！”

史密斯小姐把他拉回来：“你妈妈让你待在这儿，这儿安全。”

“她想我，”杰米说，“艾达可以照顾我，妈妈想我们，对吧，艾达？她想我们回去！”

我把到嘴边的话咽了回去。也许吧，毕竟，我走后就没人帮她煮茶了，也许再见到我她会很开心。加上我现在拄着拐，能像正常人一样自如行走，她没准儿还会自责，为什么以前没想到让我拄拐呢。

也许她会发现我一点儿也不傻。

但也许我真是个傻子，不然为什么把我关起来？

一阵眩晕突然袭来，我感觉自己要崩溃了：想想黄油，想想你骑在黄油身上。

杰米的叫声越发大了，他双脚乱蹬，想从史密斯小姐手中挣脱开来：“比利，把我也带上，我跟你们走，我要回家！”

史密斯小姐紧紧抓住他，直到火车开了才松手。

“我恨你！”杰米大哭大闹起来，“我恨你，恨你！我要回家！”

史密斯小姐板着脸拖住他的手往前走，头也没回地丢下一句：“艾达，跟上。”听得出来她生气了。

杰米还在哭，鼻涕糊了一脸：“我恨你，恨你！”

“不好整了吧？”一个平静的声音响起，我抬起头，说话的人是铁面女，身旁站着个跟她像是从同一个模子里倒出来的小姑娘，也板着个脸，我认出她是刚下火车那天，给我们端茶倒水的小姑娘中的一个。

出乎意料，史密斯小姐只是翻翻白眼摇摇头，好像完全没把杰米的哭喊当回事似的：“他看到朋友走了，要小孩脾气呢。”

铁面女转向杰米，直截了当地说：“别叫了，快停下，叫这么大声，把马都吓坏了。”

杰米马上住了声，四处张望：“马在哪儿？”

“嗐，这只是一个比方。”铁面女又转向史密斯小姐，

“有十多个孩子已经回去了，我反复告诫他们的父母，伦敦会遭空袭，不安全，但没用，这些头脑简单的女人只想着一家团圆，才不为孩子的安全着想呢。”

头脑简单，我也是头脑简单，也许住我们那条小巷的人都是如此。

铁面女看着我和杰米：“他们比刚来时好多了，你做得不错啊。”

“过奖，我也就是让他们吃饱穿暖罢了。”史密斯小姐轻描淡写地说。其实不仅这些，她还给我们买了治脓疱疮的药膏，只是她不提罢了。犹疑了一下，她说：“不知你有没有多余的旧衣服，或者你知道有谁想捐衣服的？我的钱恐怕不够给他们置办冬衣。”

铁面女熟练地从她提着的大包中掏出文件板。“这个忙我当然会帮，”她边写边说，“我可以组织一次旧衣物募集活动，补贴是没多少钱，他们应该自己多带点衣服，算了，现在也别计较这个了。”

铁面小姑娘一直盯着我那只包着绷带的脚，我朝她靠了靠，低声道：“是昨天的事，被矮马踩的。”

她眯起眼睛小声道：“你乱说。”

我说：“你觉得我们没有马？”

她说：“就算是被马踩的，也不会伤成这样，我都被马踩好几回了。”

得，她把我将住了，我不知该怎么反驳，于是朝她吐吐舌头，她也朝我龇龇牙齿，好像在说：哼，谁怕谁。

这时史密斯小姐问了：“什么补贴？”

原来，因为收养我们，她每周可获得十九先令的报酬！差不多一英镑了，妈妈辛苦一周也挣不到这么多钱。如果说以前没钱的话，现在的她可实实在在是个富人。我长长舒了一口气，不用再为她花那么多钱买鞋和食物感到不安了，我和杰米可以随心所欲地吃喝了。

“你不知道？”铁面女惊讶地说，“我记得当时给你说过——”

“哦，”史密斯小姐不好意思地轻笑道，“我没认真听。”

告别了索顿夫人，我们继续前行，杰米已平静下来，只是时不时还要抽搭一两声。“小姐，你一月可挣三英镑零十六先令，如果你多收养几个，很快就有钱了。”我说。

她皱了皱眉：“感谢上帝，我还没穷到那个份儿上。”

第十二章　杰米，留下

这段时间我一直在悄悄练习骑马，其实就算史密斯小姐知道了也没什么，她阻止不了我。

第一次尝试就发生在她卧床不起的那个星期二。黄油在我的哄诱下来到石墙边，我丢掉拐杖，颤颤巍巍爬上墙，先把右脚跨过马背，再抓住鬃毛爬到马背上，大功告成！它那温暖的体味袭进我的鼻孔，粗糙的马毛擦得我的腿酥酥痒痒的。

黄油走起路来一颠一颠的，我紧紧抓住鬃毛以免掉下去。我想指挥它，但它不听我的，走走停停，时不时还嚼上两口草，我也就随它去了。整个早上我都在骑马，直到肚子饿得不行才回屋吃饭。

第二天，我的两条腿一直在抖，站都站不稳，不过我不在乎，比起学走路吃的苦，这点痛算什么？

马厩旁有一间锁着的储藏室，杰米在门边一块大石头下找到了钥匙。屋内堆放着各种杂物，应该是之前贝基和她的马用过的。我想找一根火车上看到的骑马少女用的那样的缰绳，却意外发现了一个大盒子，里面有很多皮制品，互相缠扣在一起。我把这一大堆东西捧出来，仔细研究到底有何用途。

我拿起一个马笼头，就是用来罩在马头上的皮具，感觉这一大团东西看起来毫无章法，是的，如果你拎住的正好是绑鼻子或下巴这个部位，你挠破头也想不出该怎么把这玩意儿套在马头上。后来我在架子上发现了一个方方正正的东西，翻开来是一张张纸，写着我看不懂的字。幸好翻到一幅图，画的是一个套着笼头的马脑袋。我对照着图理着手中这一团乱麻，才慢慢有了头绪。

弄明白后我立刻试了试，但这个笼头尺码太大，套上去后，嚼子松松地吊在下巴下面，本该挂在脑袋上的部位滑到了鼻孔那儿。黄油打了个响鼻儿，拖着绳子跑了。在杰米的帮助下，我们花了好半天才把它抓住。

在购物回来的那个星期四下午，我试了一个小号的马笼头，这次一切顺利。我把黄油唤来，从口袋里摸出一片干麦片，趁它嚼得正香时把笼头套了上去，大小正合适。（那时我还不知道笼头、嚼子、缰绳、马勒带、络头这些专业术语，但现在知道了。我还知道了架子上那个翻开全是纸、画有笼头的东西叫“书”，这是我第一次见到书。）

准备就绪后我爬上马背，黄油喷了一口气，低下头自顾自地吃着草。我拉拉缰绳，它有些不相信似的把头抬起来，这种反应比我预想的好。我轻轻踢了它一下——我早发现这样才能让它动起来，它开始迈步了。左右两边的缰绳分别控制着左转和右转，同时拉动它就停下，看来挺简单嘛。我用腿重重夹了马肚一下，想让马跑起来，结果它把头一低，后蹄向后一跃，我还没反应过来，身子已从马头上飞过，重重摔在了草地上。

杰米飞奔过来："艾达，你死了吗？"

我挣扎着站起来："才没呢。"

我再次骑上去，黄油想故技重施，但我紧拉缰绳，不让它低头，它见没法儿尥蹶子，就改为侧跳，把我从背上摔下来。头触到地面，好一阵天旋地转。

"你来试试。"我对杰米说。

他摇摇头："我不来，一看它就不想让人骑。"

我认真思考了一下，黄油现在习惯了这种悠闲吃草的生活，当然不喜欢被人骑。但是，一旦它有机会在旷野中奔驰、从石墙上呼啸而过时，它的天性就会被激发出来。

我喜欢骑马，尽管被摔了一次又一次，却一点也吓不退我。像学走路一样，再痛我也要坚持。每当我带着满身青草汁或撕破的裙子回屋时，史密斯小姐从不说一个字，她只是叹口气，把衣服扔进洗衣盆，或拿来一根牙签似的金属物品，穿上线把破洞补好。

“她干吗老是唉声叹气的？”一天晚上，杰米模仿着史密斯小姐叹气的声音问道，妈妈从来不这样。

我耸耸肩：“她不喜欢我们，你忘了吗？她根本不想收养我们。”我尽量不麻烦她，免得她又去找铁面女要把我们送走。我争着洗碗，把杰米收拾干净，我还养成了勤洗澡、勤梳头的习惯。我甚至不惜用威胁的方式，强迫杰米吃他讨厌的食物。

“我们还要在这儿待多久？”他问。

“不知道，但可能要等到战争结束后，或妈妈来接我们。”

“战争什么时候才结束？”

“可能要几个星期吧，也许更久。”

“我想回家了。”他说。

他天天都在念叨着回家，让我不胜其烦。我转过身看着他，咬牙切齿地说：“为什么你那么想回家？”尽管特意压低了声音，但怒火却压不住，“因为在家里你可以为所欲为，而我却什么也做不了？那样我就无法管你，而只能被关在家里？”

他的大眼睛里一下溢满了泪水，他小声争辩道：“不会的，你管我我没意见。你现在有了拐杖，妈妈不会再关你了。”

“那儿的人都不喜欢我，像躲怪物一样躲着我呢。”

“不会的，他们不会的。”杰米嘴上虽这样说，却把脸扭过去，哭了起来。他把脸埋进枕头，极力压抑着哭声：“你现在有拐杖了。”

“那又怎样？又不能改变我是个瘸子的事实！”我说，“一切都会跟原来一样！什么都不会变！”

杰米抽抽搭搭地说：“但在家至少知道每样东西叫什么。”

我明白他的意思，每次走进商店，看着琳琅满目却叫不出名字的商品，我的内心也是崩溃的。“家里有什么好？你难道忘了你连饭都吃不饱？”

“吃得饱的。”他说。

如果他说的是实话，那多半是因为我把食物省下来给了他。“但我吃不饱，还被关在屋里没人做伴，反正你现在得听我的，你得和我一起留在这儿，我不会让你回去冒险。”

他哭声小了一些，抬起头来看着我，棕色的眼珠闪着泪光。他仰躺在床上，我把被褥拉到他下巴处，拍了拍他瘦削的肩膀。“这儿安全吗？”他问。

老实说我不觉得，我从来就没什么安全感，但说出来的却是：“是的。”

“你说谎。”他翻过身背对着我说。窗帘被微风吹起，轻轻拍打在淡蓝色的墙上。我现在一点儿也不饿。我躺下来，闻着窗外的金银花味道，慢慢进入了梦乡。

第十三章　斯蒂芬和上校

我们再一次去镇上时，在火车站旁的一面砖墙上看到一幅巨大的海报。杰米停了下来："上面写的什么？"

史密斯小姐用手指着上面的字，大声读道："你们的勇气、乐观和坚定，将引领我们走向胜利。"

"真蠢，听起来好像是我们的功劳。"我说。

史密斯小姐看着我笑了："你说得对。"

"应该改成'我们的'，我们的勇气、乐观和坚定，将引领我们走向胜利。"我说。

"是的，我会给作战指挥部写信，让他们改过来。"她说。

我不知道她是当真的还是说着玩的，有时我真恨自己看不透她。

"看来你还是很有才的嘛，是吗？"她继续说道。

有没有才我哪知道？我闷闷不乐地想。

“你看你，又不高兴了，真是个孩子。”她轻轻拍拍我的肩，“等一会儿由你来挑蔬菜水果。”

杰米拽拽我的胳膊，示意我看街对面，斯蒂芬·怀特正挽着一个老人的胳膊在走路，但定睛一看，其实是那个老人挽着斯蒂芬的胳膊。

“是你们的朋友吗？”史密斯小姐问。

“不是，他是比利的哥哥。”我说。

她点点头：“过去打个招呼吧。”

虽觉得有点滑稽，但因为想了解一下斯蒂芬为什么没有跟家人一起回去，所以我过街朝他走去。

看到我过来，斯蒂芬停下脚步，老人也随之停下，转过头，用浑浊的眼珠盯着我。

斯蒂芬指了指我的拐杖：“这个不错，早有这个就好了。”

想起他当初一路辛苦地把我背到车站的事，我的脸不禁烧了起来。

“这是谁？”老人突然问道，“你在跟谁说话？是某个我不认识的人吗？”他像个傻瓜似的直勾勾地瞪着我。

斯蒂芬清清喉咙：“她是艾达，和我是同一个地方来的，艾达——”

老人语气严厉起来：“我是这么教你做介绍的吗？”

“对不起，先生。”斯蒂芬深深吸了一口气，“先生，请让我向您介绍来自伦敦的艾达·史密斯小姐。艾达，这位是罗伯特·麦克弗森上校，英国陆军退休军官，我现在就和他住在一起。”

老人伸出一只手：“握住我的手，史密斯小姐。如果你和这位男孩来自同一个地方，那你应该也没有受过关于礼仪的良好教育。握住我的手，说‘很高兴认识您，麦克弗森上校’。”

我的手刚触到他那疙疙瘩瘩、干巴巴的手，就被他一把握住并上下摇动了几下：“说‘很高兴认识您，麦克弗森上校’。”

“很高兴认识您，麦克弗森上校。”我说。

“很高兴认识你，艾达·史密斯小姐。你既然是斯蒂芬的朋友，请哪天抽空过来喝茶。”说完他放开了我的手。我把手放在裙子上擦了擦，这倒不是因为他的手脏——恰恰相反，他的手很干净——只是因为我不习惯触摸到陌生人的手。

斯蒂芬好像在看一场滑稽戏似的，脸上露出一丝微笑。

“你怎么没回家呢？”我问他。

“哦，”他看了一眼麦克弗森上校，“妈妈觉得我留在这儿比较好。”

“不可能，”我说，“我听她说的是——”

他在我胳膊上重重拍了一下，我惊讶地看着他，见他皱着眉朝老人点点头。“怎么啦？”我问。

“我以后再跟你说，好吗？”

“好的。”我还是不明白发生了什么事。

我回去找到史密斯小姐和杰米时，他们正站在另一幅海报前。“这张要好些。”杰米说。

“自由岌岌可危，”史密斯小姐读道，“要尽你所能去捍卫。”

这条是要好些。“什么是‘能’？”我问。

“我能喝点茶吗？”杰米抢着答。

“不对——当然，你举的例子也对，”史密斯小姐说，“但在这句话里，这个‘能’字是指能力、力量，意思是倾尽全力去保卫自由。”

“自由岌岌可危，”杰米向前跑去，挥舞着双手叫道，“自由岌岌可危，要尽你所能去捍卫！”

“‘自由’是什么？”我问史密斯小姐。

“是——嗯，这么说吧，就是你可以自己做决定。”

“比如，今儿早上我们决定来镇上？”

“不只是这个，你可以决定长大后干什么，比如，当个律师或者老师什么的，你还可以决定搬去威尔士住，就是这些大方面的决定。如果德国人把英国占领了，我们也许还是可以去购物，但很多事就由不得我们自己做主了。”

像往常一样，我不能完全听懂她的话，但我懒得去想明白。“和斯蒂芬住在一起的那个老人脾气不太好。”我说。

“我注意到了。”史密斯小姐说，“看到上校身体这么虚弱，心里真难过，要知道，他以前经常和贝基他们一起出去打猎、捕鱼什么的，没想到都这么老了。”

“他让我握他的手。”我一说到这个就哆嗦起来。

“这是一种礼仪。”她说。

“他也这么说。”

史密斯小姐笑了，我不知道她为什么笑。“疑心重的孩子。”她说，她的话让我眉头皱得更深了。她抓起我的辫子甩动着：“你的勇气、乐观和坚定——”——她说错了，我不悦地看着她——“会引领你走向胜利，亲爱的。”

我们到达杂货店门口时，杰米早已等在那儿为我们留着门。我把辫子从史密斯小姐手中扯了出来。我不想再问她某个单词是什么意思，但她好像看透了我的心思。“胜利，”她说，“意味着和平。”

第十四章　上学

几天后，之前在火车上照管我们的老师来家访，告诉我们开学了。因为村里没有足够大的空房给疏散来的儿童，所以我们得和村里的小孩一起在村小上课。早上八点到中午是他们的上课时间，我们则是下午一点到五点。

老师递给史密斯小姐一张去学校的路线图，一边对杰米说："我们周一下午见。"

当时，我们四个都在客厅，坐在吱呀作响的紫色椅子和沙发上，喝着史密斯小姐煮的茶。听到此话，史密斯小姐脸上露出一个诧异的笑："艾达也要去。"

我看不见自己当时是什么表情，但能看到杰米和老师都张大了嘴，老师先反应过来，把嘴闭上。"艾达不在名单上。我在给你他们母亲的地址时就说过，只有杰米在名单上。"

杰米说："艾达不能出门的。"

我厉声道："胡说，那只是在伦敦，你知道的。"

"但上学是另一回事。"杰米说。

我从没上过学，连想都没想过，但为什么不行？有了拐杖，我可以自己走路去学校，反正又不远。

史密斯小姐争辩说，我在不在名单上不重要，显然名单统计不准确。再说，有不少小孩回伦敦去了，学校肯定有多余的座位能接收我。

"座位当然有，"老师不动声色地慢慢说道，"但这妥当吗？"她起身从书架上抽出一本书，随意翻到一页递给我："来，你读读看。"

我低头看着书，一行行文字在我眼前飘忽不定、跳来跳去，我茫然地抬起头来。老师点点头，史密斯小姐过来揽住我，我想挣开，但她揽得很紧。

"看到了吧，"老师温柔地说，"她没法儿教。"

我不知道这是什么意思，也不知道我是不是像她说的这样。

"她只是没受过教育罢了，"史密斯小姐说，"她根本不笨，应该给她一个机会。"

老师摇摇头："这样做对别的孩子不公平。"

老师走了，顺手把门轻轻带上。史密斯小姐双手抓住我的肩膀："别哭，她说得不对，我知道你学得会的，别哭。"

笑话，我为什么要哭？我从不哭的。但当我从她手中挣开，泪水却如泉涌般从眼中滑落，我怎么哭了？我想打人，想扔东西，想放声尖叫，想骑上黄油奔向天边，去到那无人知晓的远方……都怪这只扭曲畸形、丑陋不堪的脚，让我哪儿也去不了。我再也忍不住，把头埋进沙发上一个精致的靠枕里放声大哭起来。

我实在是受够了孤独。

史密斯小姐坐下来，轻轻抚着我的后背，我躲开去。“别担心，”她好像很在乎我的感受，“他们错了，我们会有办法的。”

“我知道你不笨，”她继续说道，“笨人才不会照顾弟弟呢，也不会像你这么勇敢和坚强，连一半都做不到。”

笨、头脑简单、没法儿教、贴心，全是些我不知道意思的词，我受够了。

那天晚上洗过澡还没睡觉时，史密斯小姐来到我们卧室，迟疑了一下说：“我找了本我小时候最喜欢的书，爸爸总在我睡觉前读给我听。从今天开始，我来读给你们听。”

我转过头去，听她又说了些什么，然后听到杰米问：“为什么，小姐？”

“我希望你们别再叫我小姐了，”她拖了把椅子在靠近杰米的那一侧床前坐下，“我叫苏珊，你们直呼我名字好了。我想你们会喜欢这本书的。”

杰米又问："为什么你觉得我们会喜欢？"

她没理会这个问题："这本书叫《海角一乐园》[1]。"她清清嗓子读起来，"一连好几天，我们的船在暴风雨中颠簸着，有六次，整个天地陷入一片黑暗、荒芜、恐怖之中……"

我把头深深埋进枕头，她的声音听起来嗡嗡嗡的，好像一只在窗边飞舞的苍蝇。不知什么时候，我睡着了。

第二天吃早餐时，那些词一直在我脑袋里打着转，我最终还是忍不住问了她："小姐，'在暴风雨中颠簸着'是什么意思？"

史密斯小姐从茶杯上抬起头来看着我："暴风雨就是刮狂风下暴雨的天气，电闪雷鸣，如果你正好坐着船在海上，浪涛会把你的船掀起来，一会儿上，一会儿下，一会儿左，一会儿右，你会被摔得晕头转向找不着北。"

我看着杰米："说的就是我们，我们在暴风雨中被摔得晕头转向找不着北。"他点点头。

我又回过头去："那什么是'没法儿教'？"

她清清嗓子："就是指没有学习能力，你是有这种能力的，艾达，我知道你能学好，那个老师说得不对。"

飞机的轰鸣声突然响起，杰米从椅子上跳了起来，尽管

---

① 书名直译是《瑞士人鲁滨孙家庭》，国内出版社的中文版一般译为《海角一乐园》，故用此名。——译者注

托了机场近在咫尺的福，我们经常能听到甚至见到飞机，杰米却从来看不厌。我也起身准备出去。

“艾达，”史密斯小姐说，“如果你愿意，今天上午我可以教你读书。”

我慢慢朝外走去，用她教过我的礼貌用语回应道：“不了，谢谢，我想去看飞机。”

她摇摇头：“你在说谎。”

“我想跟黄油说说话。”

她把身子朝前倾了倾：“你学习能力是很强的，不要听那些不了解你的人说三道四，你应该借鉴你的经验，遵从你内心的想法。”

我有什么经验？我之前只是通过一扇窗户来了解外面的世界，我对这个世界一无所知。她用的那些词“能力”“在暴风雨中颠簸”，我都不知道是什么意思。就连简短的“海”这个词也不明其义，海是什么？我见过船在泰晤士河上，海跟河是一样的吗？我不知道。

“我要去看看黄油。”我说。

她叹了口气：“随你吧。”就转身离开了。

我在储藏室找到一把毛刷，用来给黄油刷毛，让皮毛干净整洁、蓬松飘逸，看得出它很喜欢这样。“感觉不错吧？”我问它，“刷了身上就不痒痒了。”

我有这方面的经验。自从涂了那种闻起来臭烘烘的药膏后，痂疤渐渐软化，粗糙的皮肤重新细腻润泽起来。史密斯小姐每早给我梳头，头皮也不痒了。她帮我把头发编成根独辫垂在脑后，显得干净利落，而且头发不会被风吹散，也不会在睡觉时乱成一团。虽然这样类比有点奇怪，但我觉得她给我梳头就像我给黄油梳毛一样细心。

“看，”杰米指着天空，“又一架飞机上天了！”他追着飞机跑，想看得更清楚点。

黄油驮我走了两圈后，把我甩了下来。

午饭时，史密斯小姐说因为今天是第一天开学，她要送杰米去学校。“你一人在家没事吧，艾达？”她问，“要不你跟我们一起去。”

我摇摇头，发誓这辈子都不会靠近学校半步，事实证明这个决定给我带来了好运。他们走后，我刚骑上黄油，一匹陌生的马就闯了进来。

第十五章　铁面小姑娘

事情经过是这样的：我正在训练黄油转圈，突听一阵嘚嘚的马蹄声从外面传来，我停下来，但由于有树挡着，看不太清。这时又一架飞机起飞了，呼啸着掠过天空，与此同时，一个骑着一匹棕色大马的人影进入了我的视野。黄油不怕飞机，每天无数架飞机起起落落，它早已见怪不怪，但那匹棕马却被吓得魂飞魄散，慌不择路蹿上街边的绿化带，差点把石墙挤垮，接着它一个鱼跃跳过墙，早被晃得东倒西歪的骑手从它背上掉了下来。

闯入者带着飞舞的缰绳和歪到一边的马鞍直奔我们而来，黄油吓坏了，猛一转身把我甩了下来。两匹马跑去围栏另一头，像没事人似的吃起草来。我顾不得找这两个小傻瓜算账，拖着瘸腿全速朝骑手掉落的方向赶去，我已认出她来——那个曾和我理论过的铁面小姑娘。

姑娘脸朝下躺在绿化带一堆泥泞的杂草上。我翻过墙时，正好她也翻过身来。她睁开眼，口中吐出一连串咒骂，这些话我不陌生，小巷邻居和码头工人常用。最后她说："该死的马，我恨你！"

史密斯小姐从来不准我和杰米说"该死的"，这是用来骂人的，是一个坏词。

"我恨它。"她看着我重复了一句。

"你伤得重吗？"

她试着坐起来，但很快又躺了下去，点点头道："头晕，肩膀痛，肯定把锁骨摔断了。"她摸着颈下一个地方，痛得龇牙咧嘴，"我妈去年打猎时也摔断了锁骨，这地方容易骨折。那匹该死的马跑到哪儿去了？"

我看了看墙那边："在和另一匹马吃草呢，像啥事都没有似的。"

她吃力地拖着身子坐起来："它就这德行，我恨它，它是我哥哥的马。"她刚站起来，呻吟了一声音，又砰地倒下去，脸色一下变得灰白。

"你坐着别动。"我说。我回去牵那匹棕马，发现缰绳缠在它的前腿上，除此之外无甚大碍。它乖乖站着，任由我帮它解开绳子。这匹马比黄油高大得多，也漂亮得多，服帖的皮毛闪着光泽，双腿修长优雅。它像黄油一样时不时闻闻我的手，我笑道："我可没好吃的给你。"

我准备带它回铁面小姑娘身边，因为脚痛，又见它那么温驯，我抓着缰绳，踩上左边的马镫，一下骑了上去。

与黄油那光秃秃、滑溜溜的背相比，这个大小合适的马鞍坐着真是太舒服了。右脚虽然放不进马镫，但左脚踩在马镫上的滋味妙不可言。我收紧缰绳，它小心翼翼地弓起了脖子。

我用脚后跟狠狠踹了它一下，它差点又发飙了，这完全是我的错，看来它平时接收的指令是“温柔型”的。我把它拉住，改用腿轻轻触碰，它迈着有些凌乱的步子走了起来。

女孩已经扶着墙站起来了：“带它到门那边去。”

但我有个更好的主意，它既然能跃进来，也就能跃出去。我让它直走，它嘚嘚嘚地越走越快，脚底生风小跑起来。我紧张得快喘不过气来，这可是我人生中第一次毫无痛苦地“跑”得这么快。马对着石墙冲过去，没有丝毫犹豫地跃身而起，我紧紧抓住鬃毛，随它一起飞过墙，然后安然无恙地落在地上，我兴奋地放声大笑起来。

“看你显摆的。”女孩也忍不住笑了，“幸好没碰上飞机起飞。”

“幸好。”我说，“你现在能骑吗？”

她试着挥挥右臂，马上又痛得龇牙咧嘴的：“这匹马本来就有点难驾驭，现在我只有一只手能动，头也痛得很，能不能让我坐在你后面？”

这没问题，马鞍很大，足够我俩坐在上面。我把她拽上马："你可以用这个搁脚的东西。"我把脚从马镫里抽出来。

她用那只没有受伤的手揽住我的腰。"这是马镫。"她把脚伸进去，"送我回家吧。尽量走慢点，我头痛得快裂开了，跑起来非要了命不可。"

她叫玛格丽特。她母亲索顿夫人是"妇女志愿服务队"的负责人，难怪我们这些疏散来的儿童是由她在负责安置。"不只是这个，"玛格丽特说，"她还参与了很多其他与战争有关的事务。她想让自己忙起来，这样就没时间老想乔纳森了。她还希望我们能尽快取胜，这样乔纳森就不用上战场了。"乔纳森是玛格丽特的哥哥，从牛津大学退学去了离这儿很远的一个机场服役，学开飞机。

"你说话的口音很好笑，跟住在我家的那几个疏散来的孩子一模一样。"她说。

"我还觉得你的口音好笑呢。"

她笑了："我就猜你会这么说。但你能骑马，那几个挺怕马的，你在伦敦什么地方学的？"

"我是来了这儿后自学的。"

"哇，你好厉害。"

"你这匹马很温驯，人人都可以骑。"我说，"我那匹矮马每天都要把我摔下来好几回。"

"矮马很阴险的，"她说，"它们是暗中使绊子的小人，真该让你看看我养的那几匹矮马是什么德行。"

原来，我们骑的这匹是她哥哥的猎狐马。“我妈让我帮他遛马，说是遛到开学再停。”她说，“本该上周开学，结果遇上学校搬迁，估计是搬去了一个更安全的地方，所以开学延后了。我不喜欢这匹马，它也不喜欢我。除我之外，它对别人都很温驯，但妈妈不信我说的话。如果没有外人在场，它更坏，根本不准我骑它，我每次都得跟它斗上个把小时。马厩里的小工们参军去了，格兰姆斯一人忙不过来，也不能陪我出来遛它。”

她的这些话听得我云里雾里，唠唠叨叨说了这么多，她显然累坏了，把头靠在我肩上。“你还好吧？”我关心地问。

“不好，”她说，“我难受得很。”

马大摇大摆拐过街角，看来它认得回家的路，因为玛格丽特没有表示任何异议。

她身子突然晃了一下，我真希望是我坐在她身后，这样就可以扶住她。“玛吉？”我们以前住的那条小巷里也有个叫玛格丽特的人，大家都叫她玛吉，“玛吉，坐稳。”

我把她的手拉过来圈在我腰上。她头靠在我肩胛间，喃喃说着什么。我让马尽量走得又快又稳，不知道还有多久才到。

“妈妈喜欢乔纳森多些，”她声音突然大了，“她不喜欢女孩子，她可以为乔纳森做任何事，却经常对我发火。”

“我妈也更喜欢弟弟些，”我说，“因为我这只脚，她恨死我了。”

我感到她撑起身子来看那只脚，幸好它现在缠着绷带。她又晃了一下。“小心。”我说。

“嗯。”

“被一辆送啤酒的车碾成这样的。”

“噢，”她说，“你妈为这个怪你真没天理。”

应和着嘚嘚的马蹄声，她的头一下一下地撞着我的肩。“其实不是啤酒车碾的，”我迟疑了一下，“这只脚是马蹄足。”我记起了医生用的这个词。

“马蹄足，”她含混不清地重复了一遍，“听说过，我们有只马驹生下来也是马蹄足。”

马又转了个弯，拐进一条长长的私家车道，砾石路面两旁栽着挺拔的树。马晃着脑袋越走越快。玛吉呻吟道：“我要吐了。”

“别吐在马上。”我说。

“嗯。”她说完就真的吐了。由于偏着身子，大部分呕吐物没落在马鞍上，但她也差点掉下马去，幸亏我眼疾手快抓住了她。马儿不耐烦地摇了摇头。

“每次回家它都很高兴，”玛吉喃喃道，“这坏东西。”

“马驹是什么东西？”我问。

“什么？哦——就是刚出生的小马崽，我们有只马崽生下来脚不对，格兰姆斯用的就是马蹄足这个词。”她又晃了一下，“可吓坏我了。”

我试着想象，一只长着扭曲变形的马蹄足的小马崽会是什么样。黄油的蹄子很长，稍有些弯，但不扭曲。一匹不能走路的马会有怎样的命运？没有马用的拐杖，不是吗？

“它死了吗？”我问。

“谁？哦，你说那匹马，当然没有，格兰姆斯把它的蹄子弄好了，他和蹄铁工很有功劳。”

树木尽头豁然开朗，一幢宏伟的石头建筑出现在眼前，在我想象中，泰晤士河码头仓库或者伦敦火车站也就这么大，我难以想象这是用来住人的房子。

我抖抖缰绳，想让马去到那幢建筑里，但它摇摇头，径直去了旁边的小屋，我认出那是马厩。

一个上了年纪的男人急慌慌跑过来，步伐有些不稳，我想这应该就是格兰姆斯吧。“出什么事啦？”他着急地问。

“玛吉受伤了。”我说。玛吉从马背上滚落下来，男人踉跄着上前接住她。“她掉下来时摔着脑袋了，”我说，“肩也伤了。”

格兰姆斯点点头：“请你暂时在这儿等一下行吗？我先把她送进屋。”

“当然可以。”我尽力模仿着玛吉的口音。格兰姆斯把一只马驹的马蹄足弄好了，怎么弄的？

他抱着玛吉走了，我从马背上滑下来，这匹马的背比黄油高多了。我站在地上打量着四周。跟史密斯小姐家一样，玛吉家的马厩也是一个个小隔间，但要精致得多。史密斯小姐家的小隔间早已废弃不用，而这儿的大多关着马，马儿们竖起耳朵从腰门上好奇地窥探着外面，间或窃窃私语。

我把马牵进一个空着的隔间，它把头伸进水桶狂喝一气，之后又嚼起了干草。我把马鞍取下——这其实一点不难，只需解开下面的搭扣即可——丢过门去，接着取下笼头。关好腰门，我不费吹灰之力找到了储藏室，把鞍具和笼头放在专用的架子上，其他物件则堆在地上。之后我在马厩里四处溜达着，看看这匹，瞅瞅那匹，一直到格兰姆斯回来。

“谢谢你，”他说，“她在卧床休息，夫人已打了电话请医生过来。她现在连自己在哪儿都不清楚，伤着了头有时就这样。”

“开始她还挺正常，”我说，“在我们回家这段路才恶化的。”

“这种情况很常见，”他指着我的脚，“怎么？你的脚也受伤了吗？”

我低下头，原来是一小块污血渗透了绷带。“哦，有时我没拄拐时就会这样，”我迟疑了一下，补充道，“这只脚是马蹄足。”

格兰姆斯只是点点头，没有接口说他能弄好这个：“那我开车送你回家吧。”

格兰姆斯是个和蔼可亲的好人，他感谢我救了“玛格丽特小姐”，我回答说我很高兴能帮上忙，而且还骑了一回这么漂亮的大马。他笑了一下，拍拍我的手，这种感觉很奇怪，但我没有排斥。我满心欢喜地进了屋，没想到迎接我的是史密斯小姐暴风骤雨般的责骂。

第十六章　没有撒谎

她像个黄发巫婆似的冲到我面前，怒火在眼中熊熊燃烧：“你到哪儿去了？我都差点报警了。马在围栏里，背着个马鞍，但哪儿也找不到你，现在快四点了，你到底想怎样？”

看她来势汹汹，我忙用胳膊护住头部。“我又不打你！”她吼道，“虽然我很想给你点厉害尝尝，就冲你让我担心了老半天，挨顿打一点不冤。”

担心？她也像我担心杰米一样，担心着我的安危？我把手移下来放在腿上——此时我已坐在室内一张紫色椅子上了——迷惑不解地看着她。

“我知道你不喜欢生人，”她口气缓和下来，“觉得你也不会是因什么事去了镇上。虽然觉得机场也不大可能，我还是去问了，所有人都说没见过你。这是我第一次把你独自留在家里，我实在想不出出了什么纰漏，你会跑到哪儿去。”

“你说过我可以出门的。”我争辩道。我的脚很痛，自从拄了拐后，已很少像今天这样用脚走路，我几乎都忘了痛的感觉。腋下也擦伤了，留下了一道细细的血迹。

“你不能不打招呼就走。”史密斯小姐慢慢平静下来，但不好说还会不会再发火，“你得提前告诉我你要去哪儿。”

这个我办不到。“玛吉当时急需我帮忙呢。”我告诉她飞机起飞惊了马，把玛吉摔了下来。

她哼了一声：“玛吉是谁？”

我试着解释：那匹大马、那幢豪宅，还有里面的马厩。

“你说的是玛格丽特·索顿小姐？”史密斯小姐的眼睛睁大了，“索顿夫人的女儿？”

我耸耸肩：“应该是吧，她有个哥哥叫乔纳森。”

“就是上周我们在镇上遇到的跟索顿夫人在一起的那个女孩？”

我点点头。

史密斯小姐在另一张椅子上坐下，急切地说道：“从头说一遍。”

我把事情的来龙去脉告诉了她，只是省去了玛吉骂脏话那一段。她挺直身子，神色严肃：“这么说，你骑着乔纳森·索顿那匹优秀的猎狐马，和玛格丽特小姐一起去了她家？”

“是的。”

“我不信。”她说。

我不知道该说什么好。当然，我以前是说过谎，但在这件事上我犯不着这样。我是做好事热心助人，送玛吉和她哥哥的马回家，格兰姆斯也是这么说的，我下车时他还抬了抬头上的帽子向我致意呢。

“如果不是真的，我怎么知道她住在哪儿？”我说。

“我相信你是真看到房子了。”她怒气冲冲地说，“玛格丽特小姐骑着马经过这儿，你看到后就一路跟着她。看看你自己的鬼样吧，脚又流血了，身上还有伤。我相信你看到了玛格丽特、那匹马还有那幢房子，至于其他的，我一个字也不信。”

我的嘴张开又闭上，真不知该说什么好。

“回你房间去，”她说，“洗个澡，待在房间里别出来，我今天不想再看到你。等杰米回来后，我会叫他把晚饭给你送上去。”

几个小时后，杰米端着盘子把我的晚饭送了进来。“学校怎么样？”我问。

“我不喜欢，”他两眼无光地说，“我不想再去了。”

那天晚些时候，史密斯小姐带着那本可怕的书又来了，她拉过椅子，在杰米睡的那侧床前坐下，打开书，看也没看我一眼，我自然也没理她。杰米钻进毯子，做出一副很感兴趣的样子问道："接下来又发生什么事了？"

"很快你就知道了。"史密斯小姐朝他笑笑，读了起来。

第二天早饭时，杰米又说起他不想去上学。"你当然想去上学，"史密斯小姐说，"你想学识字，这样就可以自己看《海角一乐园》了。"

杰米扑闪扑闪睫毛，看着她甜甜地说："我宁愿让你读给我听。"史密斯小姐也朝他微微一笑，就在这一瞬间，我突然觉得他们两个真可恶。

那天下午我想训练黄油跑步，但它却只是慢腾腾地踱步，无论我怎么踢它、夹它，它都不肯跑起来。最后我折下一根树枝抽它，它吃痛不过才勉强跌跌撞撞地跑了两步。当然，这不能怪它，矮马本来就没猎狐马有天赋，但只要努力，它的表现会越来越好的。

史密斯小姐打开后门叫道："艾达，请来一下。"

来得正好，我假装没听见，还让黄油也转过身去，一人一马背对着她。

"艾达，"她又叫了一声，"你有客人。"

客人？会是谁？玛吉？格兰姆斯？还是妈妈？我从黄油背上滑下来，顺手把笼头取下——之前我曾因没有及时取下笼头被史密斯小姐责骂过。我一瘸一拐地走到石墙旁，拄上靠在那儿的拐杖回了屋。

来人是索顿夫人。看到我后，她露出一个微笑，整张脸看起来与以往大不一样。

“她是来向你致谢的。”史密斯小姐别扭地说。

我站在门口，把右脚小心地藏在左脚后面。稍后，我打破沉默问道：“她现在怎么样？我是说玛吉。”

索顿夫人拍拍她旁边的座位，让我坐到她身边去。我坐下，双手交叉握住，右腿自然地移到左腿后。

“她好多了，谢谢你。”索顿夫人说，“她醒了，虽然头还痛，但她知道自己是谁、在哪儿了。”

“她刚掉下来时还没什么，”我说，“但回家路上就不行了。”

索顿夫人点点头：“头部损伤都是这样，她说她不记得发生什么事了，只记得你在那儿，是马厩里的格兰姆斯告诉我你怎么把她送回家的。”

我扫了史密斯小姐一眼，她脸绷得紧紧的，像一张毫无表情的硬纸板，我朝她点点头：“有人不相信我骑了那匹马呢。”

索顿夫人打开她脚边的一个盒子：“如果不是有证人，我也不会相信，那匹马可不是人人都骑得了的。”

“它喜欢我。”我想都没想就冲口而出，说出后才意识到这其实是真的，乔纳森的这匹马喜欢我。

索顿夫人的表情有些不自然：“这么说来，你是这头畜生喜欢的第三个人，另两个是格兰姆斯和我儿子。”她猛地摇了下头，脸上又换上那种铁板一样的表情，“我给你和你弟弟带了一些衣服过来，你弟弟的衣服是村民捐的，你的是我女儿以前穿过的，她现在大了，穿不上了。”

她拿起一条黄色短裤和一双踝靴[①]放在我腿上，短裤面料厚实、耐磨，裤腿上宽下窄，上面呈灯笼状，下面逐渐收紧，末端用纽扣系在膝盖下。我记得玛吉昨天穿的短裤就是这种样式。“这是骑马穿的吧？”我说。我以前没穿过这种裤子，穿这个骑马应该很方便。

索顿夫人点点头：“你说对了。我想史密斯小姐在教你骑马，但估计她没有合适的衣服给你。”

史密斯小姐轻声道：“我没教她，她自学的。”

索顿夫人上下打量着我：“玛格丽特需要卧床休息几天，在开学之前都不能骑马。如果你有什么问题，可以随时来找格兰姆斯，他会很乐意帮助你的。”

我注意到她没说他能帮我什么，便道：“黄油不愿跑，不知道有没有什么办法？”

她轻笑一声，拍拍我的膝盖站了起来：“坚持，矮马是很固执的，你得让它知道这儿到底谁说了算。好好享受学新东西的乐趣吧。”

史密斯小姐送走她回来后，坐在刚才索顿夫人坐的地方，

① 踝靴：因为靴口高度刚好到脚踝这个位置而得名。

沉默了一会儿说："对不起，我并没有认为你是个撒谎精。"

她当然是这个意思。我耸耸肩："我是。"

"我知道，"她弯腰从盒子里拿出给杰米穿的短裤、毛衣、衬衫，接着她直起身，"不，我不是这意思，我知道你有时会说谎，但光凭这个不能说你就是个撒谎精，你懂我的意思吗？"

她又拿出了给我的罩衫、毛衣、短裙、一条袖口镶花边的红色连衣裙，以及一些冬天的外套。

我摸着玛吉穿过的外套："我要留在这儿过冬吗？"

"我不知道，"她说，"你明白我刚才说的话吗？偶尔说谎和撒谎精之间的区别？"

我耸耸肩，但她坚持要解释清楚："如果你是出于安全考虑不得不说谎，这情有可原；而撒谎精编谎话只是为了炫耀。我以为你昨天说的那番话也是这个目的，我错了。"

我不想再讨论这个话题，于是问道："为什么玛吉要去别的地方上学？她为什么不能去杰米的学校？"

"富人一般把子女送到寄宿学校接受教育。"她回答道，"普通人家的孩子一般在学校读到十四岁就得去工作，但玛格丽特可以读到十六或十七岁。如果到时战争结束了，她还可以上精修学校[1]，没准儿还要读大学呢。"

"那你读的什么学校？"我问。

---

① 精修学校：一种为贵族女子提供礼仪和家政教学的学校。

“我也去的寄宿学校，”她说，“但我的家境并不富裕，只是因为我天资尚可，加上父亲是神职人员，学校给了我一笔奖学金。”

“什么是神职人员？”

“你知道的，就是教堂的牧师。”

她这句“你知道的”让我不好再往下问了，“教堂就是敲钟的地方吧？”

“是的，不过现在不能随便敲了，只有在战情紧急时才能敲。”

我摸着那条短裤，明天就穿它，还有左脚的踝靴。

“艾达？”她说，“我真希望昨天我相信了你说的话。”

我瞥了她一眼，耸了耸肩。

第十七章　逃学的杰米

杰米回来时，我一眼看出他哭过鼻子，但他不说原因。当天夜里他又尿床了，醒来后一脸愁容。今天天气不好，乌云密布，大雨倾盆。“雨这么大，没法儿去上学了。”他说。

“这点雨算什么？”史密斯小姐说。她披头散发，双手捧着茶杯，眼睛直愣愣地盯着杯子，眼眶下巨大的黑眼圈触目惊心。

“我不去。”杰米说。

“别跟我说这个。”史密斯小姐说。

我们坐下来吃早饭时，从机场方向传来一声巨响。

我觉得是有架飞机坠毁了，因为听声音不像是飞机轰鸣着冲上天，倒像是撞在地上发生的爆炸——后来我们得知，是油箱爆了，但当时还以为是一颗炸弹掉进了马圈，震耳欲聋的声音近在咫尺。我们全都吓得跳了起来，餐盘和撞倒的椅子噼里啪啦响成一片。我想去看黄油，但史密斯小姐把我和杰米推到桌下。等了一会儿，见没什么动静，她去到窗边往外看："啊，是飞机掉下来了。"

滚滚浓烟遮蔽了大半个天空，地上一具已经变形的残骸包裹在橘红色的火焰中。杰米见状哇的一声哭了，扭头就往外跑，但史密斯小姐抓住了他："你不能去，特别是现在，你没看到他们在灭火吗？"的确，能看到很多地勤人员，男男女女的身影正穿梭于现场。

"飞行员是谁？机组人员都有谁？"杰米问。

"不知道。"史密斯小姐轻轻摸了摸他的头。

"我知道。"杰米说。

我不清楚杰米怎么会知道这个，机场四周围着高高的栅栏，他也知道他无权去那儿，但是，这些都拦不住他。我不想打破砂锅问到底，也不会因此事叫他"撒谎精"。

"不知道这是一架什么飞机。"史密斯小姐说。

"是一架莱桑德运输机，可载十个人。"见我们看着他，杰米补充道，"我是听它飞的声音听出来的。"

我也听惯了飞机的声音，但从没注意过不同的飞机竟然还有不同的声音。

杰米倒进史密斯小姐怀里，她抱着他轻轻地摇。我静静站在一旁，感到有点回不过神：某人已经不知不觉取代了我，成了杰米最信赖的依靠。

这周晚些时候我们外出购物时，在村里碰上了索顿夫人。她告诉我们玛吉——她叫她玛格丽特——已经上学去了，要到圣诞节才回家。得知这消息，我有点失落，我原想等她好了和她聊聊天，这样就可以知道她在正常的情况下是否还喜欢我。

杰米一如既往地讨厌上学。他逃了两次学，老师给史密斯小姐写来便条告状，之后史密斯小姐便每天下午送杰米去学校，一旦他进了教学楼，就没法儿逃了。

我知道“没法儿逃了”是什么感觉。我一直被关在家，如果不是来到这儿，终其一生我都将是这种命运。但我实在不明白为什么杰米这么讨厌学校，很多同学是以前的邻居，除了比利·怀特回去了，他其他的朋友都在这儿，下课后可以一起玩。而且，学会了读写，他就可以自己看《海角一乐园》，而无须劳烦史密斯小姐读了。

“我不想说这个。”当我们问起原因时，他总是避而不谈。现在他又开始天天尿床了。“对不起，”他对我说，“我想回家。”

“你回去了又会想史密斯小姐的。”我恶狠狠地说。

“不会的，我要妈妈。”

没准儿妈妈现在对我们的态度已经缓和了，我想，至少对杰米应该如此，没准儿这会儿她正在思念我们呢。

“但回家了也得上学。”我说。

他耸耸肩：“妈妈不会逼着我去的。”这倒是真的。

与此同时，史密斯小姐正为没接到妈妈的回信而伤神。她问我：“你妈妈认得字吗？”

我耸耸肩，这我哪知道！

“就算她不识字，但应该能找到社工、牧师之类的帮她读信并回信吧？”

也许有吧，不过妈妈从来不会去找这些人帮忙。“回不回信有什么要紧？”我问。只要妈妈知道我们在哪儿，接我们时能顺利找到地址就行了。“你想要她来接我们回去吗？”

史密斯小姐奇怪地看了我一眼：“我没这想法，你知道是为什么。”

我不知道。

有时我真为自己什么都不知道感到生气。

史密斯小姐买来很多厚实的黑色布料，尽管英德还没开战，但在我们疏散来这儿的第一天起就实行了灯火管制。无论人、建筑，还是交通工具，在太阳落山以后都不能发出任何亮光。这样，德国人发动夜间空袭时将无法确认目标，因为到处都是漆黑一片。

实行灯火管制的头一个月，史密斯小姐并没有费神去把窗户遮严，因为杰米和我在太阳落山前就上床睡觉了，而她则喜欢静坐沉思——这种事无须开灯。

随着时间的推移，天黑得越来越早，史密斯小姐将黑布做成长长的窗帘，可以从楼上的窗户一直垂到楼下。

星期六晚上，我们推迟了上床时间，史密斯小姐把窗帘挂上，打开所有的灯，让我和杰米绕着屋子转一圈，检查有没有灯光漏出来，她好随时调整。

完工后她给我们煮了热可可："很好，我想我们会很快适应这么暗的光线。"她好像挺喜欢这种变化。

不知道留在这儿过冬会是怎么个情况，以前的小公寓一到冬天就冷得刺骨，而史密斯小姐家的客厅里有个可以烧煤的壁炉。

"这台缝纫机在贝基死后就没用过了。"她继续说道，"虽然只做了几副不好看的窗帘，但感觉还不错，我准备下一步给你们做点衣服。"

史密斯小姐把我们从伦敦带来的衣服全扔了，索顿夫人给的衣服中，不合身的也给退了回去。尽管如此，我现在有了三件罩衫、两条短裙、两件毛衣、一条连衣裙、一件外套，外加一条马裤。说实话，从出生到现在，我的衣服加起来也没这么多，我实在想不出还缺什么。"冬天穿的睡袍，"她像是看透了我的心思，"骑马时也可以披在外面保暖，再做条好看的裙子，那条红色连衣裙虽然漂亮，但红色不适合你。"她打量着我，好像我是一条砧板上的鱼，"蓝色或者深绿色怎样？绿色更衬你的肤色。要不要试试天鹅绒？我小时候可喜欢一条天鹅绒的连衣裙了。”

“我不喜欢天鹅绒。”我说。

她哈哈大笑：“你还不知道吧，你的内裤就是用天鹅绒做的，怎么这么武断地说不喜欢？别介意，我只是开个玩笑。话说回来，你到底为什么不喜欢天鹅绒呢？”

我说：“我只是不想让你给我做衣服。”

她的笑容消失了：“为什么？”

我耸耸肩，我现在的衣服已经够多了，多到让我深感不安。内心深处，我仍是那个在镜子里看到的蓬头垢面的小女孩，那个躲在窗后怯生生看世界的小女孩，那个被称为傻子的小女孩。能有玛吉的旧衣服穿已经很满足了，我不配要求太多。

杰米把身子靠过来：“你能给我做一件天鹅绒衣服吗？”

笑容回到史密斯小姐的脸上：“不，你的衣服应该是那种厚实粗犷的男子汉风格。”

杰米点点头：“就像书里画的那种。”

《海角一乐园》这本书里，瑞士人鲁滨孙一家无论什么东西都得自己动手，自给自足。作者写得跟变魔术一样容易，比如，父亲想做面包，他们就误打误撞发现了一片麦田；他们想吃腌肉，一只野猪就跑出森林自动送上门来。他们修了磨坊，将小麦磨成面粉，又建了烟熏屋熏猪肉。总之一句话，不管遇到什么样的艰难险阻，他们总能逢凶化吉，遇难成祥。杰米喜欢这种故事，每晚他都求着史密斯小姐多读点，而我却讨厌这些白痴在小岛上“心想事成”的生活，她不再读了才好呢。

“你没有时间给我们做新衣服的，”我说，“我们在这儿待不了多久。”

史密斯小姐迟疑了一下：“战争不会很快结束的。”

“说得对。”可越来越多的小孩已经返回伦敦了，只是杰米和我还在这儿，“如果我和杰米走了，你心里肯定会乐开花，对吧，本来你就不想要我们。”

她轻轻叹了口气：“艾达，能不能讲点高兴的事？别破坏这么好的气氛。我是说过我不想收养疏散来的孩子，但我也解释过了，这不是针对你们说的。”

就算是针对其他人也一样恶劣。“我不爱喝可可。”我放下杯子睡觉去了。

是史密斯小姐——而不是我——发现了杰米手腕上的伤痕。

第十八章　杰米的秘密

晚饭时，杰米伸长手去拿放在桌子另一侧的面包，史密斯小姐一把抓住他的胳膊："这是怎么回事？"

她把杰米的袖子挽上去，手腕上一道深深的红印映入我的眼帘，让我一下想起之前绑他的事，不过这道伤痕要可怕得多，皮肤已经磨出血来了。

杰米把胳膊缩回来，放下袖子："没什么。"

"怎么可能没什么？"史密斯小姐说，"到底发生了什么事？"

杰米不肯说。

"是不是有人欺负你？把你绑起来？是学校里的人吗？"我问。

杰米只是看着他的餐盘耸了耸肩。

"说实话，到底是怎么回事？你不能任由别人欺负，告诉我们，我们会替你做主的。”史密斯小姐说。

到晚上睡觉时他仍守口如瓶。我耐着性子劝他：“你得告诉我，你忘了吗？我得管着你。”

他仍不愿讲。

第二天吃午饭时，史密斯小姐突然对我说：“艾达，今天你跟我一起送杰米上学吧，回来的路上我们顺便去买东西。”我不知她是不是真的打算去买天鹅绒，但因担心着杰米，遂点头答应了。

像往常一样，史密斯小姐要把杰米送进教学楼，她让我在校门外等着。出来后她说：“我们去喝杯茶，半小时后再来。”

我们去了一家茶吧，那是个有很多张桌子、类似酒吧的地方，但比酒吧干净，也不卖酒，只提供茶水和点心。

坐下后，我小声问道：“小姐，为什么桌子上铺着毯子？”

“这叫桌布。”她小声回道，“这样看起来好看。”

哼，浪费这么多布，就为打扮桌子？

史密斯小姐要了司康饼和一壶茶。女服务员把茶端来时，我把餐巾纸铺在腿上，礼貌地对她说了声“谢谢”，她微笑着夸道：“教养真好，她也是疏散到这儿来的孩子吧？”

不知道她是怎么看出我是外地人的，我不喜欢这样。史密斯小姐说：“是口音，你和我们乡下人口音不一样。”

她的意思就是我口音土呗，没他们这些高贵人好听，我也不想这样，看来得好好努力改进口音了。

喝完茶后我们回到学校，史密斯小姐径直进了教学楼，来到走廊上第一间教室门口，砰的一声把门推开。我赶到时她正站在门口喘着粗气，我伸头进去，看到了这样一幅画面：教室里，学生们正在写字，杰米的左手被绑在椅子上。

尽管旧伤还没消退，他的手仍被绑得紧紧的。

我之前虽也绑过他，但他一醒来我就放了他。

史密斯小姐开口了："这是什么意思？"她说话的语气把几个小姑娘吓得从椅子上跳了起来，杰米转头看到我们，脸一下红了。

史密斯小姐走到杰米座位旁，伸出手，杰米躲了一下——他一定以为她要打他，我也经常有这种错觉。"对不起杰米，我来晚了。"史密斯小姐解开绑着他左手的绳子，把他揽进怀里，杰米靠着她委屈地哭了。

整个过程中我一直呆若木鸡地站在门口，学生们也吓呆了，没人敢说敢动，教室里只有杰米的哭声和史密斯小姐的轻声安慰他的声音，她说了些什么我不太明白。

老师终于回过神来，她怒气冲冲地走过去，眼里似要喷出火来："谢谢你没有妨碍我的工作！每次我一转身他就用那只手写字，我不能纵容这种事！如果他听话的话，我怎么会绑他？"

史密斯小姐毫不畏惧，双目炯炯地看着她："他为什么不能用那只手？”

老师倒抽了一口气，我不认识她，但我想她应该是和我们坐同一趟火车来这儿的老师之一。她年纪有些大，一头灰发，戴一副圆框细腿眼镜，下着紧身裙。她吸气时，嘴巴张得跟她的镜片一样圆，让人能想起鱼嘴。“他用的是左手不是右手。大家都知道只有魔鬼才用左手写字，我是为了纠正他这个习惯。”

“简直是胡说八道。”史密斯小姐反驳道，“他不过是个左撇子，就这么简单的事。”

“魔鬼才用左手写字。”老师坚持道。

史密斯小姐深吸一口气道：“我在牛津求学时，教我们神学的教授——亨利·雷顿·古奇博士——就是一个左撇子，这跟魔鬼扯不上任何关系。古奇博士告诉我，人们对左撇子的恐惧，其实是一种愚不可及的迷信和毫无根据的偏见，左撇子不应该受歧视，更不是低人一等！如果你不信，我们可以写信向他求证，但在这期间，你得允许杰米用他想用的那只手来写字，否则我将就他受到的伤害采取行动。”

我讨厌她的长篇大论，因为我跟不上她的节奏。老师怀疑地看着她：“你什么时候上的牛津？”

“我是一九三一年毕业的。”史密斯小姐说。

一丝慌乱不安的神色浮现在老师脸上，但她不愿就这么轻易败下阵来：“下次不准不敲门就闯进来。”

“这种事不会再发生，除非我又有什么逼不得已的理由。”史密斯小姐低头用力抱了一下杰米，又直起身来，“我会随时向杰米了解情况，我不希望他受到任何嘲笑、蔑视或是惩罚——就因为他是个左撇子！”

老师鼻子里哼了一声，史密斯小姐带我出了教室，我本想在走廊上待一会儿，看老师会不会在我们走后又把杰米绑起来，但史密斯小姐坚持我们必须马上离开：“我已经小小地伤了她的自尊，现在得给她个面子，维护她作为老师的尊严。”

我看不出有什么必要这么做：“我本想告诉他们杰米不喜欢被绑着。”我告诉史密斯小姐我不能理解老师为什么要绑他。

她叹了一口气：“艾达，你吃饭时用哪只手拿叉子？”

我举起右手：“这只。”

“为什么用这只？”

“这只用着顺手。”我说。

“这就对了。杰米吃饭时用的是左手，因为他觉得左手顺手。”

我从没注意到这个，也许是因为我不在乎吧。“所以？”

“所以他现在开始学写字时，改用另一只手就觉得很不习惯，回家后我可以做给你看。”她把门打开，我们走出教学楼，一股凛冽的寒风卷起台阶上的落叶。

“《圣经》里好人站在上帝的右边，而坏人则站在左边等着下地狱，所以有的人——”

“白痴。”我纠正道。

“是的，”她笑着看看我，“有的白痴就认为左撇子是魔鬼的化身，这哪会有什么关系呀？这其实是由脑袋决定的。”

“你说的那个人也是这样。”我说。

“哪个？哦，你是说古奇博士。是的，他是牛津大学王室钦定的神学教授，我就是上的牛津。”

“他跟杰米一样，也是个左撇子？”

她扑哧一声笑了：“这就不知道了，我的专业不是神学，我从没见过他。”

原来她之前说的是谎话。我斜了她一眼：“那么你上牛津也是假的喽？”我其实并不知道牛津在哪儿、是个什么地方。

“这个当然是真的，”她说，“我念的是数学。”

我们走上了马路，我又问道：“马蹄足也是这样的吗？”

“你是说跟左撇子比？从某种意义上来说两者差不多，都是天生的。”

“不，我的意思是，马蹄足是不是也有这种说法，就像那个老师说的，代表着魔鬼？”我想，也许这能解释我受到的种种不公平待遇。

“艾达，你怎么会有这种想法？当然不是！”

我耸耸肩：“我想也许这就是妈妈讨厌我的原因。”

史密斯小姐把手放在我肩上，再开口时她的声音有点激动：“她不是——我相信她不是——”她停下脚步，转过身来面对着我，迟疑了一下说，“我不知道该说什么，但我不想对你说谎，我只能说我也不知道她这么做的原因。”

这大概是我有生以来听过的最诚实的话了。

“如果她真的讨厌你，那么她这样做是不对的。”史密斯小姐说。

我摇摇头，不再纠结这件事，反正现在无所谓了。

落叶在空中飞舞，我拄着拐继续笃笃前行。过了一会儿，史密斯小姐追了上来。

“回家后你想骑马吗？”她问。

“想，但黄油还是跑不起来。”

“你要坚持，就像索顿夫人说的那样。”她说。

我已经问过这个词的意思了，“坚持”，就是不停地尝试。

第十九章　生日

第二天送杰米上学前，史密斯小姐带我们去邮局办身份证。这是与战争有关的新规定。政府要求我们随身携带此证，一旦德国人来了，可以通过查看证件辨别身份。

不过史密斯小姐说，通过语言也可辨别。她说这话时我们正在排队，她解释道，不同地方的人说的语言不同，这种不同并非只是我和她或玛吉之间的口音不同这么简单，而是对同一个事物用的词语不同。杰米想听听这些所谓的“不同词语”，于是史密斯小姐说了几个词，她说这是拉丁语，她唯一会的外语。“这种语言已经死了，因为没人说它了。”她说。

这显然不对，她刚说的不就是拉丁语吗？不过我没把这个想法说出来。杰米说：“如果我们把德国人都杀死了，德语也就死了。”他假装瞄准一个德国人，“砰！”

史密斯小姐张开嘴正待反驳，我们已排到前面了，于是她暂且放过了他，转而告诉登记人员她的姓名、生日，以及未婚、无业等情况。

接着她把我们推上前：“艾达·史密斯和杰米·史密斯，他俩现住在我这儿。”

登记人员笑道：“是你侄女和侄子？和家人住一起一定很棒吧？他们长得还挺像你，尤其这女孩，眼睛跟你一模一样。”

“不是，他们是疏散来的儿童，只是碰巧也姓史密斯。”史密斯小姐说，“我不知道他们的生日，资料上没有，他们又说不清。”

登记人员皱起眉头：“这么大的孩子了，连自己的生日都不知道，不会是傻子吧？”

我把身体重心从右脚移到左脚后，低头看着地板。

“当然不是，”史密斯小姐明显生气了，“你怎么会想到这上面去?！”

登记人员似乎并不在意她的态度：“那就好，但我该怎么填这项内容呢？政府要求填写正确的出生日期，可不能写‘不知道’什么的。”

“给艾达写一九二九年四月五号。”史密斯小姐曾问过我多次杰米婴儿时期的事，根据我的回答，她推断我今年应该有十岁了，“杰米写二月十五号，”她低头看看我们，

“一九三三年，他今年应该六岁了。”

登记人员扬扬眉，但按她说的填了表。

“登记这些有什么用？”从邮局出来后我问道。

“生日那天有礼物，”杰米闷闷不乐地说，“还有生日蛋糕，学校里还让你戴生日帽。”

记得刚来时，史密斯小姐曾问过我们的生日，但没说过什么生日帽的事。杰米解释说这是他们学校的做法，老师把所有学生的生日记在一张大日历上，生日那天可以戴“生日帽”，其他学生见了，都会祝福“小寿星”的。

杰米还告诉我们，因为他不知道自己的生日是哪一天，同学们都笑话他来着，这事他以前可从没跟我们说过。

“但现在不同了，”他高兴地说，“我要把你对叔叔说的话讲给老师听，让她把我的生日也写在日历上。”他对史密斯小姐笑了一下，“是哪天来着？”

“一九三三年二月十五号。”

“这不是你真正的生日。”我说。

“应该也差不了多少。”史密斯小姐说，“二月十五号是我爸爸的生日，杰米也可以用这一天。”

“你爸爸去世了吗？”

“没有。”她说，“至少我没听说，如果他去世了，我哥哥会通知我的。不过这跟你的生日没什么关系，一年只有三百六十五天，而全世界有那么多人，所以肯定有很多人是同一天生日。”

“但这不是杰米真正的生日。”我说。

“当然不是，”她转过身来，微微弯下腰看着我的眼睛，“一旦我知道了你们真正的生日，就立马改过来行吗？我发誓。”

“好的。”我并不介意暂时用假的，“但你有什么办法能知道我们真正的生日呢？”

她吸了吸鼻子：“你妈妈肯定知道。等她给我回信时，我也就知道了。”

那不知要等到猴年马月了，我不知道我是否有机会上学、戴生日帽，但——

“我过生日时会有蛋糕吗？就是你给叔叔说的那天生日。”

“当然有。”一抹悲伤的神色突然浮现在她的脸上，但转瞬即逝，如果我不是正好在看她，可能都注意不到。悲伤？我怎么知道这是个悲伤的表情呢？她又是因为什么这么难过？

“那一天是贝基的生日。”她说，“真好，现在总算有个理由重新庆祝这一天了。”

“你说谎。”我说，我并不生气，但我知道她在说谎。

“哦，”她挤出一个笑容，“我对这天又爱又恨，虽然很难，但我确实想让这天重新成为一个快乐的日子。”

第二十章　上校的邀请

斯蒂芬·怀特和麦克弗森上校邀请我去他们家喝茶，他们寄来了一张正式请柬，史密斯小姐没拆封就交给我了。我看了一遍又一遍，犹如在读“天书”，杰米翻来覆去看了几遍也没看懂：“这些字写得歪歪扭扭的，跟书上不一样。”

尽管很不情愿，但最后我也只得去找史密斯小姐帮忙。她把信上的文字读给我听——茶叙、斯蒂芬和上校、星期六、十月七号——听着听着，我感觉怒气在体内不断膨胀，真恨自己为什么不识字！史密斯小姐读完抬起头来，看着我笑了：“艾达，瞧你那脸板得！这是你自找的，我早说了要教你认字。”

她说得倒轻松，要是我学不会怎么办？

“我帮你回信吧。你会去，对吗？”

“不去。”我说，因为我不想让她帮我回信。

“为什么？他们会招待你吃好东西，而且斯蒂芬是你朋友，上校虽然年纪大了点，但他很和蔼，肚子里有很多有趣的故事呢！”

“说了不去就不去！”想了想，我又补了一句，“斯蒂芬算不上朋友。”

她坐下来看着我：“你说过斯蒂芬把你背到火车站，这是朋友才会做的事。”

也许吧。

“玛格丽特·索顿受伤时，你护送她回家，你就成了她的朋友，这跟斯蒂芬帮助你而成了你的朋友是一个道理。”

我并不想把玛吉当成朋友，斯蒂芬也许可以算得上是朋友。不过，和一个帮助过你的人交友，比和一个你帮助过的人交友难多了。

“我相信你知道什么是教养，”她继续说道，“那天在茶吧你表现得就挺好。我会送你去上校家，结束后再去接你。你在他们家可能也就待个把小时，吃吃甜点，喝喝茶，聊聊天，就这些。”

我不快地问：“你为什么非要我去？”

她叹了口气，鼻息从鼻孔里冲出来，像黄油打响鼻儿似的。“我不是非要你去，你实在不想去，我也不会勉强。我只是觉得你应该多交往一些同龄人，让生活丰富多彩一些，所以看到有人请你去做客我很高兴。”

我咽了一口唾沫，不觉得这有什么可高兴的。相反，我有些别的感觉，是害怕还是什么，我不确定。“我不去，你也不必帮我回信。”我说。

“我得回信谢绝他们的邀请，不管去不去都得回个话。”她说。

我当然不知道这个规矩。在她写回信时，我左脚一直踢着椅子腿。她写好后拿给我看：“我写的是：‘史密斯小姐感谢你们诚挚的邀请，但她不能于十月七号前去府上做客，对此她表示非常遗憾。’这是拒绝别人邀请的礼貌说法。别再踢椅子腿了。”

我踢得更凶了，才不管什么礼貌不礼貌呢：“我不想让上校看到我那只脚。”

“他怎么看得到？”史密斯小姐抓住我的左脚不让它再动，“我说了，别再踢了。上校根本不可能看到你的脚，他视力不好，眼睛快要瞎了。”

七号那天下起了大雨，非常冷，没法儿骑马。史密斯小姐给了杰米一把剪刀和一本刊载有许多飞机图案的杂志，杰米开心地把飞机一个个剪下来，让它们在地毯上飞来飞去。我无事可做，感到十分无聊：“那天就算答应了，今天也没法儿出门。”

史密斯小姐从缝纫机上抬起头来看了我一眼，她找了一些旧浴巾，准备为我和杰米改成两件睡袍——一种冬天穿在睡衣外面保暖、睡觉时才脱下的外套。现在还没到冬天，但气温已经很低了，幸好客厅有壁炉，厨房有热烘烘的炉灶，室内还算暖和。

“怎么去不了？”史密斯小姐说，“我有把大伞，我们可以打伞去。”

“现在能去吗？”我问。

她摇摇头：“一旦决定了就不能变，这是礼仪。”

“我不在乎什么礼仪不礼仪。”

“也许你是不在乎，”她严厉地说，“但上校在乎，社交活动是很讲究礼仪的。”

我气得重重地跺了一下拐杖，正好撞上一只纸飞机，把它啪的一下杵扁在地毯上，杰米一看号了起来，我才不在乎呢。

史密斯小姐站了起来：“你今天怎么了？”

“我胃痛！”

“我知道你生气了。”她说，“但你不能把火发到杰米身上，快向他道歉，再看看飞机能不能修好。”

“我不道歉。”

她紧紧闭上眼：“非道歉不可。”

“就不！”

“杰米，到我这儿来。”她在沙发上坐下，张开双臂，杰米一下扑进她怀里。自从她在教室里抱过杰米后，他对她越发依赖，这让我有些受不了。“你姐姐今天心里不好受，”她对他说，“她不是有意弄烂你的飞机。”

我很想说我就是有意的，怎么着吧，但我也知道这不是真的，我不想伤害杰米，只是他不幸撞到枪口上了。看着杰米坐在史密斯小姐腿上、两人亲密相偎的情景，我有一种想疯狂尖叫的冲动，从来没人对我这么亲热过。

史密斯小姐拍拍她身边的座位：“来，你坐这儿。”

她伸出胳膊圈住我，把我往她身边揽了揽。

她确实是这么做的。

我差点坐在她腿上了。

“你身子真僵，”她说，“就像抱着块木头似的。”

因为我还不习惯被人这么揽着，自然感到紧张，但却没有想挣脱的念头。我任由她揽着，耳旁是杰米轻柔的呼吸。壁炉里火光闪烁，温暖四溢，至少半小时我们仨就这么静静地坐着，一动也不动。杰米慢慢睡着了，我和史密斯小姐还是不说也不动地坐在沙发上，直到夜幕降临，我们才起身把窗帘拉严，煮了一壶香喷喷的热茶。

第二十一章　拜访格兰姆斯

黄油除了走，拒绝服从其他命令。

我自认是个好主人，虽然它懒得让我冒火，我却克制着从不打它。我喂它好吃的，天天给它刷毛，有时我把缰绳挂在它脖子上，让它载着我想上哪儿就上哪儿。我知道它也喜欢我，因为我每次一唤它，它就乐颠颠地过来了，来后也不用拴，乖乖站着等我给它刷毛、装鞍具。但它就是不愿走快点，也不愿跑，更不用说跳起来跃过石墙了。

索顿夫人说过，我可以随时向格兰姆斯请教，我担心她只是随口说说，不过思前想后，我还是决定试一试。

一天吃午饭时，我对史密斯小姐说："我想去拜访格兰姆斯先生。"天气很冷，我穿着玛吉的一件旧毛衣，暖暖的感觉让我心情很好。

史密斯小姐看了我一眼："你怎么去？去做什么？"

“我骑黄油去。”

她盯着我。

“我都骑了它很多回了，我们相处得不错，它很温驯，骑它没问题。”

“艾达，”她说，“我也许对你不是很上心，但我不是瞎子，我知道你和黄油处得不错。”

“是的，小姐。”

“我说过几次了，叫我苏珊就行，你这么犟，让我心里有点不舒服。为什么突然想去拜访格兰姆斯先生？”

“就想去看看他，”说完后我又补了一句，“他对我很好，苏珊。”

她眼珠转转，鼓励我继续说下去：“还有呢？”

“不知怎么回事，黄油跑不起来，小姐……我是说那个铁面小姐玛吉，她的妈妈——”

“索顿夫人。”她提示道。

“是的，就是她。她说过如果我在驯马中有什么问题，可以去找格兰姆斯先生讨教。”

史密斯小姐用叉子叉起一片胡萝卜，放进嘴里慢慢嚼着：“黄油变了，我以前骑它时，它反应很敏捷，但它现在年纪也不大啊。”她又叉起一片胡萝卜吞下去，说，“行，你去吧，还记得路吗？”

我点点头，路很好找，拐两个弯就到了，而且门口还有精致的栅栏和铁门，不会走错的。

她又说："这么远的路要用马鞍，可以把右脚的马镫取下来，免得撞到马身。"她知道我没法儿用右边的马镫，撞在马身上会把马弄疼。

"是最小的那套吧？"我问。储藏室里有三套鞍具，蒙着布挂在架子上，两套大的是一个尺寸，另一套小些。

"是的，我待会儿指给你看。"

"不用，我自己去就行了。"

她盯着我看了很长时间："我不知道能为你们做些什么，也许我该早点去学校为杰米讨回公道，还应该多关心你，但你不喜欢，是吧？"

这种问题没必要回答，我起身把盘子放进堆满脏盘子的水槽里，注满肥皂水清洗起来。

"但至少，如果你有麻烦需要帮助时可以问我一声，这总能做到吧？"

我看都没看她一眼："我不需要帮助。"

她在我背后叹了口气，沉默良久后吐出一句："随你吧。"

费了番功夫，我把鞍具装上马背，但刚爬上去，鞍具就歪了，我只得下来把它扶正，又把肚带——不知为何它松了——紧紧，这一次没问题了，我骑着黄油出了门，缓步走上马路。

上次飞机爆炸的痕迹和残骸早已清理干净，杰米说那次事故死了三个他不认识的人。上周机场里又修了几栋建筑，包括一个不知用来干什么的高塔，一架架飞机井然有序地排列在跑道尽头。一架飞机降落在跑道上，滑行片刻后再次呼啸着冲上蓝天，一圈又一圈地盘旋着。黄油只是转转耳朵，早习以为常见怪不怪了。

刚走到半路，黄油就想掉头回家，但我不准，它只得不情愿地继续前行，步子越来越慢，嘴巴配合着转动的耳朵嚅动着，好像在用马语埋怨我。我不禁想起乔纳森的马，一个月前刚见到黄油时的那股兴奋劲儿记忆犹新，没想到现在我已经喜欢上别的马了。

两个月前我连树都还没见过呢。

玛吉家终于到了，格兰姆斯先生正在马厩前的院子里给一匹大灰马冲澡。“嗨。”见到我后他说。

“嗨。”我有些不好意思地回道。他并没有说过我可以来找他，只是玛吉的妈妈这样说，没准儿他不愿意呢。我从马背上滑下来，把右脚藏到左脚后面。

格兰姆斯先生打量着我：“稍等一下。”他把灰马牵进马厩，出来后走到我面前，“说吧，你骑着这匹可怜的小马来找我有什么事？”

“我想你帮助我，它不肯快走。”

“它当然不肯快走。”他蹲下来查看黄油的前蹄，“已经好几年没给它修过蹄了吧？我敢说从贝基小姐死后，就没人管过它。”他离开取了一些金属工具回来。“你扶着它点。”他把黄油的前蹄翻转过来握在手中，拿起一个钳子一样的东西，唰的一下把蹄子给削掉了。

我吓得尖叫起来，黄油似乎也吓呆了，格兰姆斯先生站起身，把削下来的这一大块弯曲厚实的东西扔在鹅卵石路面上，这时我才发现，黄油的蹄子竟然还好端端地长在它腿上！“你以为它会痛死吗？”他问。

我不敢相信自己的眼睛，黄油若无其事地站在那儿，好像一点痛都没有。

“矮马跟人一样长着趾甲，需要经常修剪。”他拿起另一件工具把削口处锉平。

史密斯小姐也曾严厉地督促过我们剪指甲，我和杰米来的第二天，她就把我们的手指甲和脚指甲剪得干干净净的，此后每周剪一次。我以前没用过指甲剪，指甲长长开裂了就用牙啃掉，第一次用指甲剪感觉怪怪的，但就像格兰姆斯先生说的，一点也不痛。

“它趾甲长得太长了，走起路来一定很痛。”格兰姆斯先生来到另一只前蹄前。“没准儿痛得根本走不动路，稍微走快点就会绊倒，它是很聪明的动物，等我剪完后你就会看到区别了。”

我的心揪了起来，之前骑它时它一定很痛，而我却一无所知。

“有些人不配有这种马。”格兰姆斯先生说的这句话好像在呼应我的想法，他看着我，“我不是说你，你从伦敦来，年纪又小，知道什么？我说的是史密斯小姐，她把贝基小姐的猎狐马卖了后，就让这匹马在外面自生自灭。”

“她说矮马光吃草就可以活。”

“倒是没错，但难道它就不需要别的东西了吗？如果只给你吃饱，但让你成天脏兮兮的，三天两头生病，不爱你不关心你，你会怎么想？”

“至少不会饿肚子。”

他笑了：“倒也是。”忙完后他说，“四周后你再来，我再帮它剪一次。一般来说每隔六周修一次，但它情况特殊，在恢复正常前要剪得勤一些，这本来是蹄铁工的事，但他上周当兵去了。”

我点头应允，同时在脑袋里搜寻恰当的词语。我找到了：“非常感谢您，格兰姆斯先生。”

他眼睛眯成了一条缝，但并没有笑，而是脱下帽子，露出一个近乎无毛的光头，手伸到耳后挠了几下：“叫我格兰姆斯就行了，加个‘先生’好像我是管家或什么大人物一样。如果你把我当朋友，可以叫我弗雷德。”

“弗雷德。”我像上校那样伸出手去，他握住摇了摇。

“你是？”他问。

“艾达·史密斯，叫艾达就行。”

弗雷德指导我给黄油剪毛，它那长长的鬃毛打结太严重，无法梳理，只好全部剪掉，还教我梳马尾，以及如何清洗、护理鞍具和笼头——用一块破布蘸上油反复擦拭。“马鞍、笼头和其他马具都要经常护理，及时上油，否则皮革很容易干裂。”他说。

忙完这些后，他说他得继续干活了。“这几天忙得够呛，虽说战争期间停止狩猎了，但这十三匹猎狐马每天都得放出去吃草，只有我一个人，忙得我气都喘不过来。”

“我来帮你吧。”我说。

“那多谢了。”弗雷德说。之前在护理鞍具时，我们已把黄油关进了马厩，我拖着右脚一瘸一拐给马喂食，让它们饮水。他见了，什么也没说，也没有让我停下。一切结束后，我给黄油套上笼头和鞍具，他则搭了一把手让我骑上去。

“玛吉说有的马生下来就是马蹄足，”我尽量轻描淡写，“她说你有办法弄好。”

“是的。”他说，“马可以穿一种特制的鞋子来矫正，但人不一样，不能用同样的方法，你也是马蹄足？”

我点点头。“这个我帮不了你。”他说，“但也许能帮得上别的忙，欢迎你常来。”

我走在回家的路上，在路口左转时还坚信方向没错，但不知怎么回事，本该通往史密斯小姐家的路却把我带去了一个陌生的地方。

第二十二章　迷路

第一次看到大海的心情，跟第一次见到草原差不多。

我徜徉在陌生的小巷中已有一会儿了，当意识到可能迷路了时，我曾想原路返回玛吉家，却到了另一个陌生的地方。我也试过让黄油找路，但这个没用的家伙却只顾埋头吃草，我只得继续往前走，寄希望于能看到熟悉的景物。最后我来到一座绵延的高山前，想着从山顶也许能看到史密斯小姐的家，或至少能看到村庄的位置，我驱着黄油爬上山去。

结果，我看到的是一大片延伸到天际的灰蓝色的东西，在朵朵白云映照下闪着粼粼白光，它像是一块平整宽阔的草坪，但它是流动的，一刻不停地流着，奔向我目光触不到的远方。我注目良久，浑然忘了一切，只觉得失魂落魄，全身抖个不停，这究竟是什么？

我好不容易把目光收回，接下来我看到了村里教堂的尖顶，它就在那片灰蓝色“草坪”的附近。我很惊讶，住了这么久，为什么一直不知道这片“草坪”的存在呢？我开始下山，穿行在高而粗糙的杂草间，但始终朝着教堂的方向。不一会儿遇到了一条路，沿着路没走多远，就回到了熟悉的村里。周遭很安静，商店都关门了，夜幕低垂，见不到一丝亮光，只有头上时不时传来的飞机的轰鸣声。

刚拐进门前的车道，史密斯小姐和杰米从屋里一下冲了出来。

“我不是有意回来得这么晚的，”我说，“我迷路了。”

史密斯小姐说：“我还以为你从马上摔了下来，死在哪条阴沟里了呢。”

杰米的脸色一下变白了。

“我不会死的。”我把黄油带到后院，杰米跟了过来。

“今天在学校过得好吗？”我问。

他耸耸肩。

“老师现在让你用左手了吧？”

“因为她怕苏珊再来闹，但她还是觉得用左手写字的人是魔鬼。”我们往屋里走时，杰米握住我的手，“你没回来时，苏珊没有说你死了的话，她说你肯定是玩得太高兴忘了时间，让我别担心。”他停了停，“但我看得出来，她倒是挺担心的。”

我哼了一声：“她没必要担心，你也是。”

晚饭因等我而推迟了，我肚子早已饿得咕咕叫，坐下后就猛吃起来，过了好一会儿才开口道：“我在山上看到一片奇怪的水面，一直延伸到天边，像草坪一样平，灰蓝色，太阳照在上面还会反光。”

“那是海。”史密斯小姐说，“我给你说过，我们这儿离英吉利海峡很近。”

我看着她，想说她可从没给我说过这个；我还想说因为她的疏忽，差点让黄油成了一个瘸子；还想说她应该早点带我们去看海。

还有，她没必要担心我和杰米，不管任何时候，我都能照顾好弟弟和我自己。

我有一大堆话想说，但跟往常一样，我最后把这些话憋回了肚里，低下头继续吃饭。

“格兰姆斯帮上忙了吗？”她问。

“是的。”我顾不得嘴里塞满了食物，粗鲁地答道。

“为什么黄油跑不起来？”

我把食物咽下，深深吸了一口气道：“因为你差点把它弄瘸了。”

她猛地抬起头：“怎么这么说？”

我本不想说，但最后还是跟她讲了事情的原委。她听后叹了口气：“是我的错，但我绝不是有意虐待它，只是疏忽了，当然这不能成为理由。”她伸出手来，想拍拍我的胳膊，但我躲开了，“我能理解你生气，换了是我，也气。”

饭后，她强拉着我去了马圈，我让她看了黄油现在的蹄足，并告诉她之前是什么样，我还讲了格兰姆斯教我的护理知识。她进了储藏室查看那些马具：“要正视自己的缺点还真难。黄油现在感觉好多了吧？”

“还没完全弄好，完全恢复正常还需要几个星期。我不知道它什么感受，因为我迷路了。”

她点点头：“你一定吓坏了，又气又怕。”

“才没呢。”我反驳道，但其实她说的是实情，至少在看到大海前是这样，“我才不怕呢。”

“那生气是有的。”她伸出胳膊揽住我。

“没有。”我从紧闭的牙关中吐出这个词，但我当然生气，这是事实。

第二十三章　看电影

皇家“橡树号”被击沉了。

“橡树号”是皇家海军的一艘战舰，准备在苏格兰海岸靠岸时被德国潜艇击沉，船上载的一千二百多人中有八百三十三人遇难了。这个消息我们是从收音机里听到的，收听广播成了我们晚上的主要活动。

这事发生一周后的星期六，苏珊决定带我们去看场电影，这是我和杰米第一次看电影。我们坐的长毛绒椅子，与家里的紫色椅子有点像。还没等我们回过神，前面的墙就变成了一幅巨大的画面，激昂的音乐响了起来，一个男人的声音开始讲述这场战争。

我本以为是故事片，没想到却是战争片。到目前为止，除了一些可笑的海报和堆在路口的沙袋外，看不到一丝战争的迹象，也没有空袭的消息，没想到现在却来了这么一出：

一艘侧翻的大船沉入大海，股股黑烟从船身上密密麻麻的炮眼中涌出，加上一个沉痛的旁白声音，说死者中有一百多个小男孩。我看看坐在苏珊另一侧的杰米，小声地说："我要回家。"

"嘘，"她说，"这个短片只有一分钟，之后就是故事片了。"

"我要回家。"我声音抬高了。

"听话。"她说。

"听话。"杰米跟着说。

我捂住耳朵和眼睛，保持着这种姿势，直到苏珊推了推我，才知道故事片开始了，但着火的战船和死去的小男孩仍在我脑海中挥之不去。

当晚我做了噩梦。杰米尿了床，不过尿床对他而言是常有的事。梦中，我回到了原来的公寓，到处是火光、浓烟，我被绑在一把小椅子上无法挣脱，也无处可逃。我放声尖叫，杰米惊醒后哭了，苏珊闻声跑了过来。

"你觉得这太难以承受了？"第二天早上苏珊问我，她一脸倦容，眼含怒气，不过早晨她的心情都不大好。

我避免与她眼神接触，也不知道"承受"是什么意思。

"你有点受不了？"她问。

当然受不了，死了八百三十三个人呢。

她叹了口气："下次我们去电影院时，等新闻短片放完再进场好了，不过听收音机没事吧？”

我点点头，广播没有画面要好得多。

杰米告诉苏珊，老师仍认为他体内住着魔鬼，要他星期天去教堂做礼拜。

“一派胡言，不过去教堂也好，那些乱嚼舌头的人就没啥说的了。再说，我本来还在发愁怎么教你们宗教知识呢。”

她自己却不进教堂。当然，她带我们去了第一次，教我们规规矩矩地坐在座位上，除了唱圣歌和祷告外，不得乱说乱动。其实全程我们都很安静，因为听不懂歌曲和祷告内容。圣坛上站着个男人，他先讲一段故事，之后讲了很久的话。杰米听得无趣，就开始踢椅子。教堂里坐的那种长条木椅有个特别的名字，叫“皮尤”，杰米觉得这名字有趣，整整一个星期，当他坐下时，他总是捏着鼻子怪叫一声“皮尤”。

除了第一次外，之后苏珊都只把我们送到教堂门口，我们进去后，她在外面逛，等着礼拜结束后再接我们回家，她说她不适合进教堂。

“你不是说你爸爸在教堂工作吗？”第二周做完礼拜回家的途中，我皱起眉头问她。今天坐在我和杰米旁边的一个女人一直紧盯着我俩看，让我很不舒服。

史密斯小姐紧咬嘴唇：“是的，但他认为我是不可救赎的。”

杰米问：“救赎是什么意思？”

“对我来说，就是改变邪恶的秉性，弃恶从善，其实我父母是因为不喜欢我才这样说。我爸爸现在还活着，妈妈已经去世了。”

“哦。”杰米扔了一块石头出去，正好打中前面的栅栏，“妈妈也不喜欢我们，特别是艾达，艾达是不可救赎的。”

我有点心虚地说：“但没准儿现在不同了，我现在能走路了。”

“没了拐杖你能走吗？”杰米说，“就凭你那只烂脚？”

“杰米！”苏珊厉声喝道，“快道歉！”

杰米说：“我说的是实话！”

“那不是什么烂脚，你这么说太过分了！艾达，别伤心，这不是你的错，你根本无须救赎。”

我低下头，看着拐杖和左脚交替划过路面，那只难看的右脚无力地悬在空中，不管别人怎么说，这就是事实，谁也改变不了。

第二十四章　黄油，快跑

黄油跑起来了！它先是小步疾走，颠得我不得不抓紧了鬃毛免得被抖下去。我轻轻踢它，它步伐越来越快，终于行云流水般跑了起来。我想，如果我继续踢它，它会跑得越来越快，直到“飞”起来，那才是我梦寐以求的驰骋！到那时，世间一切将不复存在，我的耳边只有呼呼的风啸，眼中溢满激动的泪水。

我想让它试着跳石墙。它先快速跑了一圈，接着右转，直奔石墙而去，就在快到时，它却突然停了下来。我从它头上飞了出去，差点撞上墙根。

苏珊立刻跑了过来，我这才知道她一直在默默地关注着我。“你这傻孩子，快停下。”她说。

我抬头看着她，黄油打着响鼻儿，摇头晃脑，好像啥事没有，我想要不要趁着还没失去勇气再试一次。

“你压根儿不知自己在做什么。”苏珊说，“最好先去请教一下弗雷德·格兰姆斯，让黄油破天荒跳三英尺[①]高的墙，真亏你想得出！”

“它以前从没跳过？”我还以为凡是马都知道怎么跳障碍，乔纳森的马可是一跃而过，无比轻松。

“没有。”她摩挲着黄油的鼻根道，“如果不小心伤着它了，它会吓得再也不敢跳了，没准儿还会伤着你。”

她怎么好意思这么说？要说伤害，正是她的疏忽差点让黄油变成了瘸子，给它修蹄后的第二天就好多了。

“我知道你在想什么，但我也知道它目前是怎么个情况，我不会再让它受伤了。你也知道你该干什么，我已经说了，去找弗雷德·格兰姆斯。”

于是我就去了，在玛吉家的马厩里找到了他，他答应教我骑马，每周两次，时间是午饭后，我则在骑马后帮他干活作为回报。为免我再迷路，苏珊手绘了一张地图，标出往返路线。我把拐杖绑在鞍具后面一起带了过去，因为干活时用得着。

弗雷德教我怎么发指令，他让我别频繁踢它，只需用脚轻轻点下马肚，它就会徐徐起步慢跑起来，不会把我猛地颠下来；他教我如何原地停住疾驰中的马且无丝毫颠簸，但因为我只有一个马镫，做到这个很难；他还教我如何掌控方向。看到我有长进，他乐得在马厩后面的荒地里插上一些短杆，

① 1英尺合0.3048米。

让我骑着黄油从杆上跳过去。这些杆比石墙矮多了，弗雷德说黄油现在还不能跳墙，等到了那一天他自然会告诉我。

麦克弗森上校又寄了一封邀请函来，我仍然谢绝了。“傻姑娘。”苏珊嘀咕了一句。

战争似乎演变成了一场“宣传册潮”，政府寄来了各式各样的宣传册：有介绍防毒面具知识的；有告诫如何在灯火管制期间避免交通事故的——行人使用手电筒照明时在灯头上蒙一层薄纸，或把马路牙子漆成白色，以便司机看到；有号召捐出多余炊具，支持政府造飞机的——苏珊说她的炊具都有用，但看到杰米失望的样子后心软了，给了他一个又旧又脏的平底煎锅让他交差。

伦敦轰炸并没有如期到来，来的是德国潜艇，它们潜游在英国周边海域，准备炸毁所有进出英国的船只。

这可麻烦了，苏珊忧心忡忡地说，英国自产的粮食远远不能满足国民所需，很多食物依赖于进口。确实，商店里的东西已少了很多，价格也贵了不少，不过苏珊解释说这是因为现在是秋天，很多夏季蔬果已经下市，要到明年春天才有。

我从没见过像苏珊这么喜欢吃蔬果的人，因为她，我们常常吃一些奇怪的东西，像什么抱子甘蓝、萝卜、韭菜、桃子（这个我喜欢）、黏糊糊的罐装梅子（这个不喜欢）等等。

由于一直没有空袭的消息，越来越多的孩子回伦敦去了，就连住在索顿夫人家的孩子也走了。尽管索顿夫人一再告诫家长们“希特勒会轰炸伦敦”，但仍阻止不了这股“回流”。

妈妈没有回信，所以我们仍住在苏珊这儿。当我说起此事时，她眼神很复杂：“你妈妈才理智呢，她知道这儿安全得多。不过她一直没有回信，这点我理解不了。”

到了十一月初，因为回去的学生太多，连杰米的老师也走了，所以他那个班与另一个班合并了。新老师对左撇子毫无偏见，让他爱用哪只手就用哪只手。

但他仍然爱尿床。

我想他可能已经成习惯了。苏珊买了张橡胶垫铺在床垫上，防止尿液渗透进去，但她洗床单洗得不耐烦，我则烦透了每天早上在一片湿漉漉的尿臊味中醒来。不过我们对杰米从不说一个字，我看得出来，他已经很不好意思了。

一天，索顿夫人来拜访我们，顺便动员苏珊参加妇女志愿服务队，因为社会“需要她的帮助”。

“没人会需要我的帮助。”苏珊说，“再说，光照顾这两个小孩都够我忙的了。”

索顿夫人看了我一眼，杰米上学去了，今天不是约定的帮弗雷德干活的日子，我本在外骑马，听说她来了，特地来陪她坐坐。“艾达不用花太多时间照顾了吧？”她说。

“那是你以为。”苏珊说。

她这话把我惹恼了，我根本不用她照顾。再说，她现在还是那个懒散样，每天都会眼神空虚地躺在床上消磨一段时间，于是我说：“你每天又干了什么正经事？”

苏珊瞟了我一眼。索顿夫人大笑起来，指着摆放在角落里的缝纫机说：“你可以给士兵缝寝衣，实际上，要缝的东西多着呢。”

苏珊摇摇头道：“你们——我是说村里的女人——都不喜欢我。”

索顿夫人抿住唇，放下茶杯：“你说得不对。”

苏珊的脸沉了下去：“别装糊涂了，贝基和你们当然处得来，你们可以谈马。但我有什么呢？”

“你从来不给别人机会，”索顿夫人说，“贝基的葬礼大多数人都来了。”

“你还好意思说葬礼？来的全是些爱嚼舌根子的长舌妇！”

“你应该努力尝试一下，也许事情和你想象的不一样。再说，为战事出力也是应该的，袖手旁观可不好，对吧？”

我一直在竖着耳朵认真听，这时忍不住插话道：“袖手旁观是什么意思？”

索顿夫人说：“就是不为战事出力，让我们的士兵在前线孤身奋战，自己却躲在后面毫不关心。”

我说：“她就是这样的，对什么都不关心。”

苏珊惊讶地看着我，好像我扇了她一耳光似的："你怎么这样说？我对什么都不关心？"

我耸耸肩。

"每天给你做三顿饭，这是不关心你？"她问道，"看着我，艾达！还有，去学校为杰米讨公道，这是不关心他？"

没想到我说句话让她反应这么大，我转过头，不想看她，但她捏住我下巴把我的脸扭了回去："这不是关心是什么？"

我本不想回答，但知道如果不表态的话，她不会轻易放过我，于是我说："算是吧。"

她放了我，转过头看着差点忍俊不禁的索顿夫人："好吧，我加入。"

索顿夫人刚一离开，她就斥责起我来："你说我成天不干正经事是什么意思？你希望我做什么？"

我耸耸肩，怎么说呢，虽说收养我们有一定报酬，但她不去上班，整天就是买、买、买，怎么能叫正经事呢？"我妈妈在酒吧工作。"我说。

"我不会干那种工作。"她说，"我和贝基刚搬到这儿时曾试过找工作，但没人雇我，牛津的文凭也不管用。我有资格申请的工作全是留给男人的，他们不会让女人抢了男人的饭碗，现实就是这么残酷。"

不明白我们怎么会有这么一场对话。

“噢，”她继续说道，“现在好了，我加入了‘妇志队’！可以和好心人一起干正经事了，真够好笑的。”

“士兵们为什么会需要寝衣呢？”其实我不太明白寝衣是什么东西。

“谁知道呢，我想是为受伤需要送医的士兵准备的吧。”

我没听说有什么士兵受伤了：“船被击中后，那些人掉进海里都死了。”

“我猜的。”她打了一个寒战，“战事多的是，有时伤兵是可以救活的。”

几天后，苏珊第一次穿上妇女志愿服务队的制服去开会。制服挺合身，配上长筒袜和高跟皮鞋，挺有范儿。“别老盯着我看，”她边说边戴上手套，“要不你跟我一起去吧，当个小跟班，或是作为疏散儿童的代表装点下门面。”

我摇摇头，想着她走后我怎么打发时间，是鼓捣缝纫机，还是煮点茶？今天天气不适宜骑马。“你一个人去害怕了？”我问。

她做了个鬼脸：“全是家庭主妇！我去了肯定很别扭，我跟她们合不来的。”

“但你现在有制服了。”

她又做了个鬼脸：“是啊，但外表不重要，那些人才不会在乎制服不制服呢。好了，再见。”

我待在家里，把缝纫机弄坏了。

第二十五章　缝纫机

我不是有意的，我曾观察过苏珊做缝纫活，觉得挺简单。我尝试着把两块碎布头缝在一起，但没想到布头不知怎的卡住了，针上上下下乱跳一气，一大股线不知从什么地方冒出来，缠成一个死结，机器发出可怕的噪声，随着啪的一声脆响，针断了。

我把脚从踏板上拿开，看着纠缠在一起的线和布头，以及断成两截的针，心想这下完了。在我们的长睡袍完工后，苏珊做衣服似乎上了瘾，她给自己做了一条连衣裙，给杰米做了几条短裤，每天都要在缝纫机上忙个几小时才肯罢休。

我不知道该怎么收拾残局，胃倏地抽痛起来。我奔上楼，进了一个堆放着贝基生前物品的空房间，哆嗦着钻进床底角落，头脑一片空白。

不知过了多久，我听到苏珊进门了，她叫着我的名字，还听到杰米跑上楼来，推开卧室的门叫道："她不在这儿！"

"不可能。"苏珊说，"拐杖在楼梯边呢。"

他们一遍又一遍地喊着我的名字，杰米还出去找了一趟，但很快回来了，因为外面天已经黑了。终于，苏珊那张焦急的脸出现在我视野中："你个傻姑娘，躲在这儿干吗？"

我吓得紧紧靠着墙，但她抓住我的胳膊把我拖了出来："怎么啦？谁把你吓成这样？"

我用手蒙住脑袋，苏珊见状大叫："不准这样，我又不打你！"

杰米闻声跑进来："是德国人来了吗？"

"怎么可能？"她用力抓住我的手腕，把我的胳膊往下拉，"艾达，这到底是怎么回事？"

"你该不要我了，"我说，"你该不要我了。"在床底时，我的恐惧随着时间流逝而不断增长，我无法面对即将失去的一切——黄油、自由、杰米。

"我不会不要你的，但你得告诉我到底出了什么事。"她用一根指头托起我的下巴，"看着我的眼睛，从头开始说。"

我抬起头，刚触到她的目光就心虚地避开。我挣脱她的手，喘着气道："我把你的缝纫机弄坏了。"

她叹口气，重新把我的下巴抬起："看着我，你用了缝纫机？"

我点点头，重新挣脱开来，双眼盯着地板。

她锲而不舍地把我的下巴再次抬起："然后你把它弄坏了？"

我点点头，根本不敢看她的眼睛。"这没什么，"她说，"不管你做了什么，都没关系。"

我不信她的话，这种事怎么可能没关系？

"你确实做错了事，"她又说，"用之前你该先问问我的，不过别害怕，我不会打你，我们去看看它到底坏到什么程度再说。"

我们下楼去了客厅，壁炉里生了火，室内变得暖洋洋的。检查后发现只是针断了，其他无甚大碍。苏珊说针经常会断，换一根新的就行了。她换了针，还把缠成一团的布头和线理开了。"机器没坏，你要不要知道你是哪里做错了？"

我摇摇头，觉得胃痛得厉害，但苏珊把我拉过去，让我看机器是怎么运作的，还告诉我应该先把针调整到位。"明天你可以试一试。"她说。

"不，谢谢。"我说完想溜。

但她用一只胳膊圈紧我，不让我走："你干吗要藏起来？为什么要躲在床底下？"

整个过程中，杰米一直在旁边不安地走来走去，此时他插嘴道："因为每次她做了错事，妈妈就把她关进橱柜里。"

"但你为什么要自己主动进去呢，艾达？你不要这样做。"

因为我想留下来。我想永远永远留在这儿。

“记着，不管你做错了什么事，我都不会关你的，懂了吗？”

“懂了。”胃痛得我根本无法认真听她在说什么，“我知道你要把我送走了，能让杰米跟我一起走吗？”

“艾达！”

啊！别，别拒绝，没有杰米我会死的。

“我什么时候说过要送你走？你不过是犯了个微不足道的小错罢了。”她两只胳膊把我抱得紧紧的，我试图挣脱，她却抱得更紧了，“你真的以为我会把你送走？”

我点点头。

“听我说，我开完会往家走时，心里想着：也许艾达给我煮了茶呢。我还想着你也许已经把窗帘拉上，打开了所有的灯。想到屋里有个人正在等我回家，我心里感到暖暖的。以前我很害怕回来，因为家里空荡荡的。”

“对不起，我没有煮茶。”我说。

“你没抓住重点。”她说，“我的意思是——我很高兴有你在这儿。”

我仍惊魂未定，过了好久才缓过来。苏珊煮了茶，但我什么也咽不下，她也不勉强：“你这个样子还怎么睡？我都在想要不要给你一杯白兰地。”她让我洗了个热水澡，裹上柔软的毯子。这方法挺有效：熬到半夜，我终于迷迷糊糊地睡着了。醒来时我还在这儿，杰米也在，透过窗户能看到黄油，苏珊在煎香肠做早餐。我终于又能正常呼吸了。

不久后的一天，杰米在放学回家的路上捡了一只猫回来。我和苏珊从没见过这么丑的猫，身上的毛乱成一团，已看不出颜色，一只眼睛肿得睁不开，只能用另一只眼睛看着我们。

“我要收养它。”杰米把猫放在厨房正中，小猫甩着尾巴朝我们喵喵叫。“我给它取名叫波卫尔，它现在饿了。”

“波卫尔”是苏珊晚上经常给我们做的一种热饮的名字，我看不出这名字与这只猫有什么联系，不过没关系，我会习惯的。

“你不能养它。”苏珊说，“快把它丢出去，它身上不定有多少跳蚤呢。”

“我要养它。”杰米把猫抱起来，它无力地躺在他怀中。“这是我自己的野驴，它叫波卫尔。”他抱着猫上楼去了。

他口中的“野驴”是《海角一乐园》里的一种动物。苏珊说这种动物跟驴子很像，可以骑，但我看不出驴子和猫之间有什么相像之处。

“谅你不敢带它进卧室。”苏珊朝他吼道。

“不是去卧室，”杰米说，“我要给它洗个澡。”

“天哪，”苏珊对我说，“我们得叫救护车来，猫会把他挠死的。”

这种事当然没有发生。杰米把这只癞皮猫洗得干干净净，跳蚤都淹死了。他抱着它下楼时，猫身上裹着苏珊最好的一条毛巾。他还把自己盘里的肉喂给猫吃。

“它以后得自己捉老鼠吃。”苏珊说，“我可不会做猫饭。”

“放心吧，它是个捕鼠能手。”杰米摩挲着猫的小脑袋，“是吧，波卫尔？”

从那天起，波卫尔每晚都睡在杰米怀中，杰米再没尿过床。第二个星期结束后，苏珊把牛奶掺上水喂给波卫尔。“这是对它的奖励，”她对我说，“我再也不用洗床单了。”

第二十六章　善意的诡计

苏珊使了个计，让我开始学习写字了。

那是一天晚上，吃完饭洗好碗后，杰米趴在桌上学写字母，我坐在旁边看。“给艾达看看，为什么你是个左撇子。”苏珊说。

杰米笑笑，把本握在左手的笔换到右手，笔好像不听使唤似的在纸上乱动，写出来的字张牙舞爪。

“你故意的吧？”我笑着说。

“是真的，我用这只手就写不好。”

“你试试用左手写。”苏珊另拿了张纸，在上面写了几个字母，“照着写。”

我用右手压住纸，左手握笔，却发现根本控制不了笔的走向。

“你肯定是个右撇子，换只手试试。”

果然，用右手写出来的字跟苏珊的一样漂亮。

“写得真好。”她夸道，“这是你的名字。”

“我的名字？”

杰米的目光越过我的肩头落在那张纸上，他点点头读道：“艾达。”

苏珊提笔在纸上又写了几个字。“这是杰米，这是苏珊。”她把笔递给杰米，“你继续。艾达，你去加煤。”

离开前我偷偷把那张写有我们三人名字的纸放进衣兜，等下次她不在家时我再“借”一支笔，就可以自己练习了。

十一月底的一天下午，我去了弗雷德那儿。他一见到我就开心地笑了：“快来，看我找到什么好东西了。”我把马拴好，拄着拐跟他去了放马具的房间，看到架子上放着一个样式古怪的马鞍：只有一只马镫，但在鞍桥部位却有两个凸起的钩子。“这叫侧骑鞍，”弗雷德解释说，“这个肯定有二十，不，三十年历史了，没准儿还更长。”

“这是？”

“来，我教你怎么用。”他用这副马鞍换下黄油身上那副，然后抱我坐上去，左腿先从其中一个钩子下面穿过，套进马镫，接着右腿从另一个钩子下面穿过。“好了，”弗雷德说，“你往后移移，坐稳点。”

这样一来，两条腿都在左边。虽然奇怪，但因为钩子把腿牢牢固定住，倒也很安全。黄油现在跑得越来越快，右脚导致的问题也越来越突出。不能用马镫都是小事，最多就是不好保持身体平衡，主要的问题是由于脚踝畸形，在用右脚下指令时掌握不好力度。

“拿着，”弗雷德递给我一根包着厚厚一层皮革的棍子，“这是你的右腿。”

“我的右腿？”

“你现在两条腿都在左边，所以用这根棍子来发令，就像你之前用右腿一样。”

他带我去了户外。“你和马花点时间熟悉下新骑法。”他脸上挂着灿烂的笑容，“感觉如何？”

“非常好。”虽然屁股随着黄油的走动移来移去，但因两条腿被钩子卡得紧紧的，所以不怕掉下来。“没想到竟然有专为瘸子设计的马鞍。”我真想知道弗雷德是从哪儿找到这个的，也想知道之前是谁在用它。

“这不是为瘸子设计的，”弗雷德说，“这是淑女专用鞍。以前，女士们是不能跨坐在马上的，大家认为这不雅观，但战后情况变了，越来越多的贵族小姐夫人开始跨骑。”

“你说的是哪次战争？”我知道目前战争还没结束呢。

“二十年前那次。”他脸上蒙上一层阴影，“英国失去了三百万个热血男儿。”

“所以不得不派女人上战场，她们也就此用上了男人用的马鞍。”

“应该是这样。”他说。黄油绕着圈儿，步行慢慢变成小跑，侧骑鞍坐着虽然还是有些颠簸，但力度小多了。

“差不多了。”弗雷德说，“你自个儿练练吧，先熟悉跑，别急着跳。”

现在还不能跳。

回家路上我又去了那座山——苏珊在地图上标出了它的位置。我站在山顶极目远眺，此前曾见过海船游弋在远处，也曾见过渔船徘徊在岸边，但今天的海面上什么也没有，只有波光粼粼、一望无垠的海水。鸟儿在空中盘旋，洁白的浪花拍打着海岸。苏珊说水边就是海滩，上面铺着细细的沙子，如果不是战争，这儿本是大家休闲娱乐的好去处。为防德国人登陆，海滩现在已用铁丝网围了起来，上面还埋有大量地雷——一种陆地上使用的炸弹。不过苏珊说了，战争结束后就会带我们来海滩漫步。

苏珊觉得我不该接受这么贵重的东西，她拿着侧骑鞍，把我带到“妇志队”办公室索顿夫人面前。“就这个旧玩意儿？”索顿夫人说，“应该是我姨妈的，因为我妈妈不骑马。艾达当然可以拿去用，不然格兰姆斯也不会给她，玛格丽特和我都用不着。”

一天下午，我收到玛吉从学校寄给我的一封信。苏珊把信放在桌上，我手指顺着信封上唯一认得的两个字——艾达——一遍遍游走着。我现在还保存着那张写有我名字的纸，而且已经描摹了不知多少遍了。

“要我读给你听吗？”苏珊问。

“不用。”我说。我展开信纸，但不管如何看，上面的字对我犹如天书一般，杰米也一筹莫展：“她的字写得歪歪扭扭的，我认不出来。”

但我仍不想找苏珊帮忙，于是带着信去了弗雷德那儿。他咂着烟斗说，玛吉说等圣诞放假回家后，想和你一起去骑马。

“我不会留在这儿过圣诞的。”我说，“战争那时都结束了。”

弗雷德摇摇头：“不会这么快。还有一个月就是圣诞了，战争还没正式开打呢。”

“妈妈会来接我们的，所有疏散来的孩子都要回去。”

他挠挠耳后：“哦，我可不希望这样，你走了我咋办？”他咧开嘴朝我笑笑，让我有点意外的是，我竟然也朝他笑了笑。

我知道我不可能在这儿一直待下去，这儿所有美好的事物——不会被关禁闭、黄油、拐杖、外面冰天雪地时室内的温暖、干净的衣服、热水澡、一日三餐、临睡前的一杯“波卫尔”、大海——都只不过是暂时拥有罢了，一旦妈妈来接我们，它们就将离我而去，所以，我绝不可以太依赖它们。

我试着回想家里的好。我记得每周五晚上，妈妈会带鱼和薯条回来，用报纸裹着，嘎嘣脆、热腾腾；我记得妈妈也会唱会笑，有一次她还拉着杰米围着桌子翩翩起舞；我记得杰米小时候每天都黏着我，要我陪他一起玩；我记得天花板破了一块，看起来像一个戴尖帽的男人。

虽然妈妈讨厌我，但她心里一定是爱我的，不是吗？她是我妈妈，而苏珊不过是因为战争，被迫照料我们罢了。这从她有时表露出来的言行可以看出：当波卫尔把老鼠内脏吐在客厅地毯上时，她说“当初就不该发善心收留你们”；当杰米和同学打架撕烂了毛衣、一身邋遢回到家中时，她摇摇头说“真不想看到你”；黄油被一只路边蹿出的野鸡惊了，把我甩下来自顾自跑回家，她拿着拐杖嘀嘀咕咕出来找我，一边把我扶起来一边皱着眉说我命大，还说“我从来不喜欢孩子”。

“我从来不喜欢你。”我这样回答她。

“不明白你为何不喜欢我，”她哼了一声，不屑地说，“我心这么好。”风呼呼刮着，天就要黑了，我冷得浑身发抖。到家后，她拿了一块毛毯披在我肩上：“你去煮茶，我去看看那匹可怜的马。”她昂首阔步走入夜色中，看着她的背影，我想起了妈妈。

我想要一个像苏珊那样的妈妈。

苏珊说她不会像妈妈那样，我不信。

第二十七章　按摩

苏珊又带我们去了格兰姆医生那儿。“不敢相信这是那两个孩子。”他说。杰米长高了两英寸①，我高了三英寸，体重也增加了。得益于骑马和帮弗雷德干活，我身体强壮了不少，不仅能拄着拐一口气走很长时间的路，而且身上的脓疱疮、虱子、痂疤等都消失无踪了。按医生的说法，我们现在就是“健康”的代名词。他抓住我的右脚，一边看一边问苏珊：“还是没消息？”

苏珊摇摇头：“我请她圣诞节来做客，如果她来了，希望能说服她。”

“谁？”杰米问。

“不关你的事。”苏珊说。

我没怎么注意听他们在谈什么，每当陌生人接触我身体

① 1英寸等于1英尺的1/12。

时，我的思想总是会开小差，直到苏珊拍着我的肩问我“痛不痛”，我才回过神来。

我摇摇头。脚一直都痛，医生的动作并没有增加这种痛感，我只是不喜欢别人碰我的脚罢了。

“如果你能每天坚持做这个动作，”医生像展开一块布一样把我的脚扳平，好像这样做可以让它看起来正常点，“让脚增强灵活性，对以后治疗会很有好处。”

我的意识终于回来了：“弗雷德说过，有的马生下来也是马蹄足，可以穿一种特制的鞋子进行矫正。”

医生放开我的脚：“你这个情况光靠鞋子不行，必须得动手术。”

“哦。”我其实不太明白他的话是什么意思。

“按摩也会有帮助，而且有百益而无一害。”他又补充了一句。

原来“按摩”就是在脚上按、压、揉、捏。灯火管制期间，我们睡前阅读的地方由卧室转移到了有壁炉的客厅——壁炉的热量传不到楼上去。苏珊和我坐在长沙发上，她在靠灯的一头，我在另一头，脚搭在她腿上，杰米和小猫则躺在壁炉旁的地毯上。

“你的脚真凉。”第一个晚上，她摸着我的脚说，“你平时不觉得脚冷吗？”

我点点头。脚上的绷带经常湿乎乎的，脚很快就冻僵了。“无所谓，”我说，“冻木了就什么也感觉不到了。”

她不太明白。

我解释道："脚冻麻了就不觉得痛了。"

她皱紧眉头："不行，冻狠了会长冻疮，我们得想个法子。"她很快有了主意。她有一双厚厚的羊毛长筒袜，袜口宽松，很容易套上那只不能灵活转动的右脚。她又找了一双旧拖鞋，一阵拆拆补补后，一只特制的鞋子完工了：下面是防水的皮革底，上面是伸缩自如的针织袜筒，虽说不能让脚保持完全干燥，但比以前好多了。"嗯，"她满意地端详着这只鞋子，"我们会不断改进的。"

现在她每天要做三四个小时的缝纫活，除了用从"妇志队"领回来的布料给士兵做寝衣外，她还把一些旧衣服拆开清洗后裁剪成一块块的布料，再重新缝起来做成一件件"全新"的衣服，比如贝基的一件旧羊毛外套就改小给杰米穿了。"政府把这叫作'勤俭节约'，"她说，"对我来说这就是我的童年，我妈妈可是一个非常会持家的主妇。"

"你妈妈讨厌你吗？"我问。

她脸上蒙上了一层阴影："怎么会？我不是说过她已经不在了吗？"

"她活着时喜欢你吗？"

"但愿如此。"

"但你说过你爸爸不喜欢你。"

"是的，他认为我不该去上大学。"

"你妈妈也这样认为吗？"

“我不知道，她一切都听我爸的。”她停下手中的活儿，“这其实不好，她一点也不开心，但她不敢反抗。”

“但你反抗了。”我说。

“这很复杂。刚开始时，他还很高兴我考上了牛津，但后来他觉得我变了，而他不喜欢这种变化。他认为女人的归宿是婚姻和家庭，而我却一直没结婚，总之这事很复杂，三言两语说不清。不过我从没后悔过我做的事。如果让我重新选择，我还是会这样做。”

苏珊把贝基的一件粗花呢旧短裙改成了一条漂亮的短裤，让杰米去教堂时穿，与短裙配套的夹克则改成了一件厚实的短外套，让我骑马时穿。

自从那天把缝纫机弄坏后，我就再不敢碰它了，于是苏珊让我先学做手工，从钉纽扣开始。学会后，我给士兵的寝衣、我的夹克以及杰米的短裤兜盖上都钉上了纽扣。

等到“妇志队”又一次开会时，她告诉大家这些寝衣里也有我的一份贡献，回家后她把这事告诉了我。

一天，她在她卧室里翻箱倒柜折腾了半天，找出了一大堆毛线。她将毛线绕在几根细木杆上，给我和杰米织出了暖和的帽子、围巾和手套。

我那双手套看起来每只各有两个拇指。苏珊教我如何戴：一个套大拇指，另一个套小指，其余指头在中间。手掌部分的用料是很薄的皮革。“这是骑马专用手套，”她观察着我脸上的表情，“你弄懂了吗？”

我懂了。刚开始骑马时，我是将手握成一个拳头来攥住缰绳的，但弗雷德说这种握法不对，绳子应该从第三和第四指指腹下穿过，再从大拇指指背上出来。戴上这副手套可以把绳子握得紧紧的，而手掌部分用皮料也比毛线更耐磨。

“这是我自己琢磨出来的，”她说，“独创的。你喜欢吗？”

这是为数不多的我知道她想得到什么答案的时候，但我却不想让她如愿。“一般吧。”我说，想了想补上一句，“谢谢。”

“倔脾气。”她笑道，“感恩难道会要了你的命不成？”

也许吧，谁知道呢？

星期六，教区牧师带着一群男孩在后院给我们建了个避难屋，其实就是锡皮屋，据说可以防炸弹，但我看着不像，又小又暗，感觉一碰就倒。屋子下半部埋在土里，要先下三级台阶才打得开门。里面空间很小，只能一左一右放下两张长木椅。

苏珊送来饮料，向牧师表示感谢，说如果仅凭我们三个人，恐怕一个星期都挖不好。牧师的衬衫袖子已经被汗浸湿了，他说他很高兴能为战事出力，对男孩们来说也是个很好的锻炼机会，村里各户的避难屋都是他们建的。

男孩中有本地人，也有疏散来的儿童，其中就包括斯蒂芬·怀特。

我走过去，他放下铁锹，咧开嘴开心地笑：“看来你也不是每天都忙嘛。”

“当然忙，我要骑马，帮弗雷德·格兰姆斯干活，还有好多别的事。”

“难怪你抽不出空过来喝茶。”

他伸手将贴在脸上的一绺头发拂开，脸蛋上留下一抹污泥，但气色比在伦敦时好多了。他衣着整洁，也长高了不少。

他的笑容给了我一种安全感。“我不知道你们家喝茶有什么规矩。”

他耸耸肩：“会有什么规矩？你们每晚不也要喝茶吗？”

“但上校——”

“他年纪虽大，可一旦和他熟了，你会喜欢他的。”

“对了，你为什么不和家人回伦敦呢？”我终于问出了这个一直想问的问题。

他有些不安：“你见过上校的，他眼睛快看不见了，又没有家人。我刚来时他身体很差，因为味觉退化，食物变质了也尝不出来，经常把肚子吃坏。家里很脏，到处是虫子和老鼠，但他无能为力。”

“我打扫了屋子，牧师的妻子教我煮一些简单的饭菜，她人很好，有时还给我们带些好吃的。家里有很多书，上校经常让我读给他听。”他又拿起铁锹，把土铲到屋顶，“我妈倒是一直想我回家团聚，我也想他们，但若是走了，上校就没法儿活了，没人照顾他。”

他打量了一下我的居住环境，由衷赞叹道：“这地方不错。”

“是的。”

“你妈妈没来找你们吗？”

“没有，她不想要我们了。”

他点点头：“这样也好，她以前不该关住你的。”

一阵风吹过，我打了一个寒战：“还不是因为我这只脚。”

斯蒂芬摇摇头：“你的脚现在还是这个样子，不是吗？但有谁关你了？哪天来喝茶吧，上校喜欢家里来客人。”

牧师和男孩们走了后，我站在避难屋门口往里望，里面又黑又潮又冷，散发着一股难闻的气味，让我想起家里那个幽暗窄小的橱柜，胳膊上顿时起了一层鸡皮疙瘩，胃也翻腾得难受。我不喜欢它，我不要进去。

苏珊往里面搬了毯子、水瓶、蜡烛和火柴，她说敌机来时会响警报，听到警报后我们就马上转移进去。

“波卫尔咋办？”杰米焦急地问。

“它当然也可以进来，”苏珊找了个有盖的旧篮子放进去，“如果它害怕，还可以躺进篮子里。”

“它才不会怕呢，它什么时候怕过？”杰米说。

而我想的是黄油到时候怎么办，里面空间太小，装不下一匹马。

第二十八章　认字

天越来越冷，黑得也越来越早，青草渐渐褪去绿色，黄油消瘦了不少。我给苏珊说起这事，她叹道："你让它运动得太多了，以前它很胖，吃点草就可以过冬。"她买了干草和几袋燕麦放在一间空马厩里，每天混合着喂给黄油。黄油现在还是每天都待在户外，弗雷德说这对它的健康有好处，我们也省心些。

记得刚看到街道两旁的树叶变色时，我曾吓坏了。苏珊说这事每年都有，树叶会变色、掉落，光秃秃的树木看起来像死了一样，但不是真的死了。等春天一来，它们就会长出新的绿叶。

苏珊早已习惯了我们什么都不懂，所以在教我缝纫和烹调时她极其耐心："这是一根针。看，这头有个洞可以穿线，另一头尖尖的，可以扎进布里。"或者"鸡蛋有蛋白和蛋黄两个部分，拿着鸡蛋在桌边轻轻敲一下，然后把蛋壳从裂缝处掰开就行了，当然得用碗接着，就像这样——”

苏珊曾说过，一到冬天她就会情绪低落，郁郁寡欢，就像我们刚见到她时的那个样子。不过这个冬天她似乎忙得没时间抑郁，每天购物、煮饭、扫除、洗衣——她对衣服洗得干不干净特别挑剔，还要缝纫、开会，忙得连轴转。不过因白天越来越短，她多少还是受了点影响，但尽力不在我们面前表露出来。

为了不让她太累，我尽力帮着干活：煮饭、钉纽扣、陪她购物，甚至学会了给寝衣锁边。同时我每天还要骑马，外加一周两次帮弗雷德干活。

一个阴雨绵绵的星期三下午，苏珊蜷在椅子上，杰米上学去了，我洗完餐具，见火快熄了，就加了些煤块进去。“谢谢。”苏珊低声说。

她瘦弱的身躯似乎在瑟瑟发抖，衣服前襟上残留着一小片污迹，那是午餐时一块土豆染的，这可不像她的行事风格。见不得她这么消沉，我在沙发上坐下对她说：“你不是一直想教我认字吗？”

她茫然地抬起头来：“现在？”

我耸耸肩。

她叹口气：“好吧。”

我们去了厨房，她拿出纸笔：“英文单词都是由二十六个字母组成的，每个字母有大写和小写两种形式。”

她把字母一个个写在纸上，一边写一边念，写完后又通读了一遍。她另拿了一张纸让我描摹，我盯着纸看了一会儿说：“这哪是字呢？明明就是画嘛。”

“字母。”她纠正道，“就像学用缝纫机前得先学钉纽扣和锁边一样，在学认字前得先学会认字母。”

也许她说得有道理，但我觉得学写字母很枯燥，于是她从椅子上站起来，在纸的下方写了一句话。

“你写的什么？”我问。

“艾达是个坏脾气。”她回答道。

“艾达是个坏脾气。”我写完字母后，把这句话也抄了一遍，心情好了许多。

从那之后，在杰米的帮助下，我每天给苏珊写小纸条：“苏珊是个大青蛙”（这句话让杰米笑了好久）、“黄油是最棒的矮马”、“杰米唱歌像松鼠”等等。有些纸条写好后我留着，需要时才拿出来放在桌上，以便让苏珊知道我们的去向，比如“艾达去弗雷德那里了”“艾达骑马去了”“杰米去机场了”等等。

虽然我们不让杰米去机场，但他照去不误。渐渐地，机场的人对这个经常从栅栏下面钻进来的小屁孩见怪不怪了，也懒得骂他了。“如果他们叫我走，我马上就走；他们不说，我就留下来，有时还跟他们说说话呢。”飞机让他着迷，他和很多飞行员交上了朋友，有几次还被请到喷火战斗机的机舱里面去参观呢。

苏珊问我们以前是怎么庆祝圣诞节的，我们不知该怎么回答。对酒吧来说圣诞节是个大日子，妈妈这天都在上班，因为可以得很多小费，还会带回很多好吃的东西，像鱼啊，薯片啊，猪肉派啊什么的。

“你们会把袜子挂起来吗？”苏珊问。

杰米紧皱眉头，不解地问：“挂起来干吗？”

我们从别的孩子那儿听说过圣诞老人，但他从来没来拜访过我们。

“你圣诞节是怎么过的？”我问。

回想着往事，她面色柔和起来：“贝基还活着时，我们会和朋友一起吃大餐，一般是烤鹅或是烤火鸡。屋里摆放着圣诞树，窗台上装饰着冬青等常绿植物。早上我们会在圣诞树下交换礼物，然后吃一顿丰盛的早餐，有新烤出来的还有点粘手的小面包，配上培根、咖啡什么的。饭后我们什么都不做，懒懒散散消磨到晚上再一起弄大餐。第二天贝基一般会出去打猎。”

“我小时候，家里在平安夜那晚会去教堂，爸爸会在半夜布道，教堂里点满了白色的蜡烛，烛光荧荧，看起来犹如仙境。回家后睡不了一会儿天就亮了，我醒来时，挂在床脚的袜子里已经装满了小礼物，大礼物则放在楼下的圣诞树下。

妈妈会做一大桌好吃的，招待家族的亲戚……”她的声音越来越低，“你们第一次在这儿过圣诞节，得想点儿特别的。”

“妈妈能来吗？”杰米问。

苏珊摸摸他的脑袋：“希望她能来。我写了信请她来，但还没接到回信。”

“我给她写。”杰米说。

“没这个必要。”我对杰米说，他这么做相当于提醒妈妈我们还在这儿，我很担心她就此把我们接回去。

“我也要给她说说你的脚的事。”苏珊说。

“反正我不写。”我已经学完字母和发音了，就算遇到生字也读得出来，也会写一些句子，但不想给妈妈写信。

“你不必写。”苏珊揽着我说。

商店里摆满了令人惊叹的好东西——橘子、坚果、糖果、玩具等。苏珊说现在虽是战争时期，却一点也没影响到人们过节的好心情。考虑到我和杰米从没吃过鹅，她订了一只，还请了几个飞行员来吃饭，反正这只大鹅我们仨也吃不完。我想请弗雷德，但他每年圣诞节都会去他兄弟那儿，他说他不想打破这个传统：“不过还是要谢谢你的好意。”

于是我决定邀请玛吉。

如果杰米有飞行员朋友做伴，那我也要请个朋友来。除了弗雷德和斯蒂芬（他也许算得上朋友）外，剩下的就只有玛吉了。

圣诞节前一周，玛吉回来了，经我提议，我们骑马去了那座山，站在寒风瑟瑟的山顶，望着下面被铁丝网围起来的海滩。玛吉戴着皮手套和天鹅绒小帽，优雅地端坐在马背上，神色有些不自然，比我送她回家那天冷漠了许多。

我抬起手搭在眉毛上面："每次来这儿，我都要看看周围有没有间谍，你知道这个事吧？"政府通过广播告诫大家提高警惕，纳粹间谍可以装扮成护士、修女或任何平民百姓。

"当然知道，我又不是傻瓜。"她有些气恼地说，接着又补了一句，"你为什么不回信？我特意写了要你回信的。"

我不知道她写了这个，弗雷德没读。我曾试过自己看，却终因她的字写得歪歪扭扭辨认不出而无奈放弃了。

但我不好意思如实说，只说道："我太忙了。"

她看了我一眼，眼神中带着委屈和怨恨。我突然明白了，她一直在热切地盼着我回信，没想到她这么在乎我。

我深深吸了一口气："我刚刚才学会写字和认字，所以没回信，对不起，下次不会这样了。"

原以为她听后会大惊失色，没想到她换上一脸宽慰的神色（"宽慰"这个词是苏珊教我的，我很喜欢。有时杰米生气了，我们也得想法儿宽慰他）。"我没想到这个，"她说，"我还以为你没兴趣理我。不过，史密斯小姐为什么没帮你写呢？"

如果我请她帮忙，她肯定是会帮的。“因为我没跟她说，我不喜欢叫她帮忙。”

“为什么？”

“因为我不想太依赖她。你知道的，我们只是暂时住在她那儿，她随时都可以说不要就不要我们了。”

玛吉上下打量着我：“我不这样认为。你刚来那天，我还以为你刚从战场上下来呢。你送我回家那天，气色已经好多了。再看看现在的你，骑马有侧骑鞍，衣服干干净净的，人也长胖了，连眼神都不同了——以前你怯生生的，一副怕得要死的样子。”

我不想继续这个话题。既然没观察到间谍或可疑船只，就没必要让黄油老站在这儿吹冷风，于是我说：“我们回去吧，看谁跑得快。”

第二十九章　圣诞节的规矩

玛吉赢了，但没赢多少。黄油这次跑得比以前都快，尽管快，但我坐得很稳。黄油跟着玛吉的矮马，跳过了横在路中的两个大树干，小小地带起了一股风——对我来说，这称得上是第一次体验。快到镇上时我们停了下来，两匹马都累得直喘粗气。玛吉的辫子散了，脸蛋红得像熟透的小苹果，她开心地笑着，忘了我曾经是个怯生生的小姑娘。

我知道苏珊和我们的关系只是暂时的，一旦战争结束，或是妈妈改变了想法来接我们，我们之间的关系就会戛然而止。

玛吉谢绝了我的邀请，她说她想来，但因为服役的哥哥和从事情报工作的爸爸都会回家过圣诞节，所以她得留在家里。“今年的圣诞节肯定没劲透了，”她唠唠叨叨地抱怨开来，

“妈妈心里只有乔纳森，从不管其他人的感受。爸爸则整天唠叨着希特勒、战争，除了这些找不到别的话题，加上今年的打猎取消了，妈妈肯定受不了听他成天说这个。厨子去了工厂，煮饭的事交给了管家，那叫一个难吃。仆人也走得差不多了，就剩一个女仆，所以我和妈妈也享不了清福，得帮着打扫屋子、做饭。一想到平安夜晚上，我们一家人坐在吊着蜘蛛网的豪华餐厅里吃着味同嚼蜡的食物，还得努力装出一副兴高采烈的样子，我就觉得滑稽。”

“人人都觉得我们现在不像是在战争期间，没有轰炸，没有打仗，但看着家里这副光景，我是真真切切感受到了战争的影响。”她斜我一眼，“你听了开心吧？”

“我怎么会对你的苦闷事感到开心？”我反驳道。

她摇摇头：“是的，你不会的。走吧。”这次我们信马由缰来到了海滩上，当然，我们去的地方离被铁丝网围起来的部分还隔了一段距离。走在海边，看着朵朵白色的浪花拍打着海岸，我心里激动不已，每次看到的大海都是不同的。

苏珊拿了一柄斧头，带我们去别人地里砍了一棵小树。这棵树的枝丫上长的不是叶子，而是小小的穗状尖刺，苏珊说这是“常青柏”，到了冬天也不会落叶。

天空飘着雪，空气阴冷潮湿，苏珊和杰米拖着树往家走，我拄着拐跟在一旁，问：“这是用来干吗的？”

“做圣诞树，”苏珊说，“提醒我们上帝是永恒的，就像这棵常青柏，在严寒的冬天也活着。”

“但你不是说，其他的树在冬天也没死吗。”杰米说。

“是的，它们也没死，但它们看上去像是死了，而常青柏不同，被选中用作圣诞树，这是一项传统——冬天里的绿色、黑暗中的烛光，象征着上帝。”

我没顾上管“象征”是什么意思，急忙问：“圣诞节跟上帝有什么关系？”

这问题真是太蠢了。苏珊张口结舌看了我好一会儿，才把张大的嘴巴合上，气呼呼地说：“你去教堂这么久了，什么都没学到？”

我耸耸肩。牧师是个好人，但他的布道除了少数一些故事我能听懂外，大多听得我云里雾里，所以听着听着就开小差了。至于那些圣歌，如果我能跟得上音乐节奏的话，也许会喜欢它们。

搞了半天，原来圣诞节就是耶稣的生日，耶稣我知道，就是挂在教堂门口的画上的十字架上的那个人。但这时杰米出其不意地问了个问题：“但他们是怎么知道耶稣是哪天出生的呢？”

苏珊说：“我觉得他们不一定知道。”

杰米点点头：“就像艾达和我的生日一样。”

“是的。”苏珊说，“但我们估计了一下你们的出生日期，把它填在身份证上，就把那一天当作生日来庆祝了。圣诞节也是同样的道理。”

杰米又问：“耶稣的身份证上写的生日就是圣诞节这一天吗？”

“你个傻瓜，”我说，“耶稣那个时代又没有战争。”

“别叫他傻瓜。”苏珊说。

“谁叫他净说傻话。”

“说傻话并不意味着就是傻瓜，”苏珊说，“每个人都会说傻话。”

我们把常青柏放在客厅一角，苏珊拿来一串挂满小电灯泡的电线绕在枝丫上，她还去贝基的房间拿来一个大盒子，但只打开盒盖看了一眼，就含泪将盒盖又扣上了。

“我们自己动手做些装饰品好吗？”她问。

我不知道该说“好”还是“不好”，不过，从她的语气我判断她希望我说“好”。再说，我不喜欢她哭，她一哭我就心慌意乱，于是我试探着说：“好？”

“噢，艾达。”她用空着的那只胳膊揽住我。我吸了一口气，但并没有挣脱她。“这里面是以前我和贝基用来装饰圣诞树的东西，但我不想再用了。”

“没关系。”我说。

“你真的觉得没关系吗？”她问。

我不知该如何回答。不知怎的，圣诞节让我感到紧张，什么团聚啊，开心啊，庆祝啊，一想到这些我就深感不安，好像我不配拥有、没资格参加似的，而苏珊还一心念着要让我开心，这让我更害怕了。

原来“装饰品”就是挂在圣诞树上的那些精美的小玩意儿。苏珊找出彩纸、剪刀和胶水，教我们做雪花和星星。我努力让自己做得和她的一样好看，杰米做得不好看。我们把这些好看的、不好看的一股脑儿挂上去，圣诞树一下变得光彩熠熠。波卫尔也很喜欢，白天它躺在树下，用爪子挠着低处的装饰品；到了晚上，杰米把剩下的彩纸揉成一个个“彩球”，抛在地上逗波卫尔玩。

我讨厌和猫睡同一张床，床单上到处是猫毛不说，猫尾巴还经常肆无忌惮地搭在我脸上，但杰米坚称没有波卫尔他就睡不着觉，该死的波卫尔好像也有同感。

这天又下雪了，我骑着黄油去玛吉家。积雪在马蹄下翻飞，像一个个小雪球，雪花落在马尾梢上，结成了冰。放眼望去，好一片白茫茫的世界。伦敦也会下雪，但伦敦的雪没多久就化了。

自从回家后，玛吉每天都在帮弗雷德干活，碰上我去帮忙的日子，我们就一起干。弗雷德已经开始训练黄油跳一些低矮的障碍物了，但今天因为雪太厚，所以暂停了。

“你知道圣诞节的规矩吗？你应该送件礼物给苏珊。”当我和玛吉在饲料房量燕麦时，她这样说道。

“为什么？”我听说过圣诞节礼物的事，但我从来没得过礼物，所以觉得也没必要送别人礼物。我把这想法对玛吉说了。

她朝我翻了个白眼：“你肯定会有礼物的，苏珊对你那么好，哪像有的人毫无爱心。”

我点点头，的确，有的疏散来这儿的孩子受到收养家庭的虐待，不是因为这些孩子做错了什么，而是因为收养他们的人缺乏一颗仁爱之心——至少杰米是这样说的。他和一些同学聊过天，他们都非常羡慕我们，恨自己为什么早早就被人挑走了。

“所以说，你得给苏珊准备个礼物，听我的没错。”玛吉说。

“我没钱。”

“你平时没零花钱吗？”

“没有，你呢？”

“哦。”她紧紧咬住下唇思索了一会儿，“那你可以找点零活挣点钱，或者自己做个手工，她肯定会喜欢的。我妈妈就特喜欢我自己做的东西。”

这主意好。回家路上，我开始动脑筋，苏珊教过我针织，我织的第一件也是唯一的一件东西是一条难看的毛巾，一头大，一头小，针法稀疏粗糙。但苏珊却安慰我说不要紧，就算再难看，战士们也会喜欢的。她鼓励我说，针织跟写字、骑马以及其他事是一样的：坚持不懈，熟能生巧。

如果抓紧时间的话，我可以织一样东西给她。打定主意后，不顾黄油反对，我让它顶风冒雪又走回了玛吉家，弗雷德一脸惊讶地看着我："遇到什么麻烦事了？"

"我想要点羊毛。"我说。

第三十章　不平静的平安夜

“好的。”弗雷德点点头，好像经常有姑娘在大雪天骑着马来找他要羊毛。他转身进了马厩，我听到他走上楼梯，去了他住的阁楼，再出来时，他手里提着一个印有鲜花图案的布袋。“这是我妻子的编织袋，”他把袋子递给我，“里面装的全是羊毛，各种各样的，你拿去吧。”

我从不知道他还有妻子。“哦。”他好像知道我在想什么，“她死了有五年了，生前是玛格丽特小姐和乔纳森少爷的保姆，再之前是索顿夫人和她哥哥们的保姆。”

我把布袋子压紧，放在夹克衫下面，以免被雪水打湿。黄油不安地甩了甩头，我让它掉头准备回家。

“等等。”弗雷德抓住笼头，脸上绽开一个温柔的笑容，“别人给了你礼物，你应该说声‘谢谢’。”

苏珊教过我这个，但因为我的心思都在这个羊毛袋上，竟把这事忘了。“谢谢您，弗雷德。”我说，“非常感谢，希望也能向您妻子说一声谢谢。”

“好的。”他摇摇头，“她应该高兴，我为她的羊毛找了个好归宿。有什么需要帮忙的就来找我，孩子。”

今天已是星期四了，而圣诞节是下周一，时间很紧。我把袋子放到床上打开来，里面有五套粗细不一的钩针，一把细细的尖头毛线扦，各种不同品种、大小的毛线球，其中六个是白色细羊毛的。

这种细羊毛看起来最好，量也够，就用它了，我立刻开干起来。

整个下午我都待在阴冷的卧室里，不出所料，苏珊起了疑心，晚餐时她问我：“你下午在做什么？”

我开动脑筋，想找个说得过去的理由，睡觉？洗澡？听收音机？但最后我败下阵来：“没做什么。”

她听了我的回答竟然笑了：“是吗？我们来做个交易如何？这周剩下的几天，你可以每天在楼上待几个小时，我则在楼下。你下楼前先打个招呼，等我说‘行了’，你再出房间，怎么样？”

对这种提议我当然只有点头的份儿。接下来的几天里，我在楼上忙活时，时不时会听到楼下传来缝纫机的嗡嗡声。为了保暖，我弄了个热水瓶放在腿上，又用毯子紧紧裹住肩膀，可怜的波卫尔想跳上来坐在热水瓶上面，但我把它扔了出去，并把房门紧紧关上。

平安夜这天正好是星期天。我和杰米起床后，按惯例换上了只有星期天去教堂时才穿的好衣服：杰米是白衬衫、粗花呢短裤配黑袜，我则是玛吉那条红色的连衣裙。下楼去吃早饭时，苏珊见到我们摇了摇头说："对不起，忘了说了，今天是平安夜，晚上才去教堂呢，你们先换回平常的衣服吧。"

今天的早餐是培根。饭后我帮苏珊做饼干，杰米烤板栗，这是圣诞节烤鹅大餐的配料。苏珊打开收音机，跟着播放的圣诞节音乐哼唱着。

下午我们洗了个澡。之后我坐在壁炉旁，苏珊帮我把头发编成两个辫子。吃完晚餐后，她让杰米上楼换衣服，但让我坐着别动："我有个惊喜给你。"

她把一个用纸裹着的大盒子放在我腿上。打开盒盖，里面是一件深绿色的连衣裙，面料看上去非常柔软，圆领、泡泡袖、小腰身，腰部以下的裙摆像花朵一样绽放开来。

太漂亮了！漂亮得我都不敢摸，只能眼睁睁地看着。

"快，"苏珊说，"穿上看合不合身。"

她帮我脱下毛衣和罩衫，把裙子从我头上往下罩，这时我还一点事没有。"把短裙脱了。"我脱下短裙，她帮我扣好纽扣，后退几步，看着我笑了，眼神柔和而温暖。"非常完美，艾达，你真漂亮。"

不！她骗我的，她在说谎！我受不了这个！我脑中一下响起妈妈那尖厉的声音。“你这个丑八怪！脏货！垃圾！看你那只烂脚，没人会喜欢你的！”我的手颤抖起来，我是丑八怪、脏货、垃圾。能有玛吉的旧衣服或普通衣服我已经很满足了，这么漂亮的裙子我不配，我不配！苏珊说她“不想要小孩”还没事，但她说我“漂亮”，这我不能接受。

“你怎么啦？”苏珊脸上露出迷惑不解的神色，“这是我送你的圣诞节礼物，之前不是说过吗？我要给你做条深绿色的天鹅绒裙子。”

深绿色的天鹅绒裙子。“我不配穿这个！”我胡乱地扯着裙身，摸索着去解纽扣，“我不配穿这个，不配！”

“艾达！”苏珊抓住我的手，让我紧挨她在沙发上坐下，“艾达，听我说，如果我给了杰米好东西，他却说自己不配要，你会怎么想？”

泪水从我脸上滑落，恐慌让我挣扎起来，想摆脱苏珊的束缚。“我不是杰米，我和他不同，我有只烂脚，我是个——”我喉咙哽住了，没有说出“垃圾”两个字。

“艾达，艾达。”苏珊的声音渐渐飘远，我发狂般尖叫起来，一声比一声响。杰米衣服还没穿好就跌跌撞撞地从楼上跑了下来，苏珊按住我的胳膊，把我紧紧搂在怀中。一波接一波的恐慌袭来，把我推进了无边无际的黑暗深渊。

第三十一章　礼物

那晚我们仨没去教堂做祷告，而是裹着杰米从楼上拿下来的毯子在壁炉旁的地板上过了一夜。我不知道我失态了多长时间，只记得我一直在尖叫，乱踢乱抓，或许还咬了苏珊，但她没发火。杰米拿了毯子下来后，苏珊把毯子裹在我身上，我慢慢平静下来。“好了，好了，”苏珊哑着嗓子说，“没事了。”

我不可能没事的，我只是太累，没精力再叫了。

醒来时已是第二天早上，一缕阳光透过窗户照在圣诞树上，壁炉里未燃尽的小煤块吐着暗红的火舌。杰米裹着毯子睡得正香，波卫尔的脸抵在他下巴处。苏珊轻轻打着鼾，一只胳膊压在耳后，另一只放在我身上。她的发髻已经散开，一边脸上有一道长长的红印——应该是我挠的，身上的罩衫——她最好的一件罩衫——肩上破了个大洞，一粒纽扣已经扯落，只剩一根线连着，看起来像是刚经历了一场战争。

我全身裹在一张灰毯里，只有头能动，我的目光从杰米和苏珊身上一一扫过，最后落在圣诞树上。苏珊醒后一定会大发雷霆，我因为一条裙子大喊大叫，一点也不淑女，还扰乱了她去教堂的计划。

胃又痛起来了，她会生气，会打——不，她不会打我的，她从没打过我，就算昨晚我挠伤了她的脸她都没打我，她只是用毯子裹住我，紧紧地抱住我。

我不知该怎么办，苏珊只是我的临时收养人，我右脚的残疾却是永远的。躺在冬日微弱的阳光中，我想哭，却发现哭不出来，我这是怎么了？

杰米醒了，他睁开眼，向我露出一个美得摄人心魄的微笑，我这一生都不会忘记这么美丽的笑容：“早上好，艾达，圣诞快乐。”

我不知道是不是苏珊临睡前叮嘱了他什么，反正看他的表现，好像我们睡在客厅地板上是再正常不过的事。他坐起身，揉揉波卫尔的肚子，放它出门去玩，又往火中加了些煤。

煤块燃烧的噼啪声吵醒了苏珊，我仔细地观察着她。她睁开眼，似乎还有点没回过神来自己在哪儿，当看到我时，她脸上露出了微笑。

真真切切的微笑。

“早上好，艾达，圣诞快乐。”她说。

我想把头埋进毯子放声大哭或尖叫，但我没有这样做，我只是说："我起不来，我的胳膊动不了。"

她坐起来把毯子解开。"我本来不想困住你的，"她解释道，"但发现只有这样才能让你安静下来。"

"我知道你是好意，这样确实有效。"我指指她罩衫上的裂口。

"这儿本来就是接缝，缝一下就行了。"她把贴在我脸上的乱发拂到脑后，"起来吃早餐吧。"

我们上楼洗漱，并听从苏珊的建议换上了睡袍，再次下楼时，我看到圣诞树下堆了几个包装得鲜艳夺目的盒子。

圣诞节礼物。

"看来圣诞老人刚刚来过了。"苏珊高兴地说。

真奇怪，圣诞老人早不来，晚不来，偏偏在我们上楼换衣服的时候来了。我张张嘴，刚想说出自己的疑问，但看到杰米一脸高兴劲儿，又把嘴巴闭上了。

杰米两眼放光："他真的来了！来给我们送礼物了！虽然艾达表现不好，"说到这儿，他愧疚地看了我一眼，"我的意思是——"

"没关系，"我揽住他的肩，"我昨晚确实挺差劲。"不知道礼物里有没有我的一份。

"不能说是差劲，"苏珊扶我走下最后几级楼梯，"伤心、生气、害怕，这些算不上差劲。"

伤心、生气、害怕，都不是什么好词，任何一个都不好，不过，我不想破坏此时的和谐氛围，所以什么也没说。

睡袍口袋里装着我准备的礼物，我没有彩纸，也不知道该怎么做，所以就没包装。

“我们先吃早饭吧。”苏珊已经煮好了茶，今天的早餐是香肠，她还给我和杰米一人煎了个鸡蛋。餐桌上放着我和杰米的两只袜子，都被塞得鼓鼓的。我好奇地戳戳我那只。“昨晚你们应该把袜子挂起来的，”苏珊说，“不过看来圣诞老人还是找到了它们，快看看里面有什么。”

我的是一个橘子、一把核桃、几块硬糖、一绿一蓝两根发带和一枚一先令的硬币。

杰米的跟我一样，只是把那两根发带换成了口哨和橡皮球。

扎着发带的漂亮女孩子，想到这个，我又忍不住想号啕大哭或是放声尖叫了。

我这是怎么啦？

不，别扫了杰米的兴，快想想别的事：我骑着黄油翻山越岭，越跑越快，越跑越快——

“艾达，”苏珊拍拍我的肩，“醒醒。”

我盘里堆着香肠，还有一只煎蛋，蛋黄像太阳一样金灿灿的，餐桌上还有面包片和热茶。杰米吹了下口哨，发出一声刺耳的尖啸。“一会儿去外面吹。”苏珊拨了下他的头发。

早饭后我们拆开了礼物。杰米得到了一辆玩具汽车和一套积木，我得到了一个新的马笼头、一个便笺本和一套彩色铅笔。此外，我们还各有一本书，我的是《爱丽丝漫游奇境》，杰米的则是《彼得·潘》。

圣诞老人没给苏珊留下任何礼物，她给杰米解释说，成年人都没礼物。我掏出了我准备的礼物，给杰米的是一条由不同颜色和材质的线织成的斜条纹围巾，他只看了一眼就皱起了眉："我喜欢苏珊给我织的围巾。"苏珊戳了戳他，他才在我想给他来一下之前，及时说了声"谢谢"。

接着我拿出给苏珊织的白羊毛围巾，这条围巾是特意在完成杰米那条后才开始织的，目的是保证做工更好。

苏珊把围巾展开，放在膝上："艾达，好漂亮的围巾！你那几天躲在卧室里就是在做这个？"

"羊毛是弗雷德给我的。"我急忙说，免得她认为是我从哪儿偷的。

她给了我一个紧紧的拥抱："我好喜欢这礼物，我会天天围着它的。"

我挣脱开来，现在我还是接受不了这种过于强烈的情感表达，她似乎也明白。"换好衣服出去看看黄油吧，"她说，"这儿有杰米帮忙就行了，我们要开始准备晚上的大餐了。"

杰米请的三个飞行员是下午三点左右到的，他们穿着自己最好的制服，脸上挂着礼貌的微笑。他们送给苏珊一瓶酒、一盒巧克力及一盆盆栽，苏珊说她感觉好像是从三位贤人[①]手中接过礼物，把飞行员们逗得哈哈大笑起来。

房间里满是烤鹅香味，壁炉的火燃得正旺，太阳早已落山，窗帘也拉上了，屋里亮堂而暖和。飞行员们拘谨地并排坐在沙发上，好在有杰米这个活宝，他在他们腿上开玩具车，扭着他们说笑。没一会儿，一个飞行员就和杰米玩到一块了，他们用积木搭城堡，又开车去把它撞垮。苏珊给了其他两人一人一杯酒，他们也很快放松了。

唯一没有放松的人是我。我穿着那条绿裙子。

从黄油那里回来后，我就换上了这条裙子，因为我知道这会让苏珊高兴，她见了的确挺开心。今天她没给我编辫子，而是让头发披散在脑后，配上那根绿色的发带。“这叫爱丽丝发带，”她说，“爱丽丝就是你书中的那个小姑娘，她总是这样披散着头发的。”

我觉得自己像一个冒名顶替的骗子，这感觉比我知道自己的口音和玛吉不同时还糟糕。我现在看起来就像玛吉那种头扎发带的漂亮小女孩，那种集父母家人宠爱于一身的小公主。

杰米捏捏我的胳膊，低声道：“你好漂亮。”他紧张地观察着我的表情。

---

① 传说耶稣出生时，有三位智慧的贤人送来了礼物。这也是圣诞节互赠礼物的习俗的由来。——译者注

我深深吸了一口气，我也有爱我的家人，比如杰米。

苏珊叫我们下楼吃晚餐。她在每个人的盘子里放了一只拉炮，我以前从没见过这种玩意儿，看起来是一个纸筒，把尾巴部分一拉，纸筒啪的一声炸开，喷出亮光锃锃的小纸片和小玩具。就这样，我们带着满身的彩色纸屑开始了圣诞大餐，飞行员、苏珊和杰米边吃边聊，谈得非常愉快，我默默吃着烤鹅，努力让内心波澜不惊。

“你这裙子真好看。”一个飞行员对我说。

我一下感到浑身不自在，好像皮肤都绷紧了似的，但我知道不能再失态了。“谢谢，”我说，“这是一条新裙子。”他是个好人，他看的是裙子而不是我的脚，我反复提醒自己这一点，让内心保持平静。

客人走后，苏珊让我坐到她身边去：“我知道这对你不容易。”我点点头。她像昨晚那样把我紧紧揽在怀里，这次我没再尖叫。“杰米，把收音机打开。”她说，“该给艾达按脚了。”我叹口气，调整好姿势，把右脚放在她腿上。她褪去袜子，一边按一边说，虽然效果不是很明显，但总比什么都不做好。

“我们的书呢？”杰米突然想起什么，把《海角一乐园》找了出来。我们现在已在读第二遍了，这次我能听懂不少内容，但我仍不喜欢这本书。这家人因意外流落到一个堪称世外桃源的荒岛上，无论他们想要什么，上天都会将这东西送到他们面前。苏珊却说哪有这么轻巧，明明是一家人齐心协力，才收获了一个又一个成果，不过杰米很喜欢这种冒险故事。

“不读那本书，读我那本。”我让杰米拿来《爱丽丝漫游奇境》，虽然不知道爱丽丝的“奇境”是否会像发带一样讨我喜欢，但我确实不想再听《海角一乐园》了。

这本书很有趣。爱丽丝遇见了一只穿着衣服、戴着怀表的兔子，兔子钻进了一个洞——我骑着黄油在外面奔跑时，经常看到兔子钻洞——爱丽丝也跟着钻进去，从而掉进了一个不属于她的、她也根本理解不了的世界。

这说的就是我和杰米的故事啊，我想，我们掉进了兔子洞，来到了苏珊这儿——一个不属于我们、我们也根本理解不了的地方。

第三十二章　我的愤怒

从新一年一月份起，政府开始实行配给制了，这主要是为了保证穷人也能得到足够的食物。商店里几乎见不到黄油或肉的影子了，偶尔有卖的，得赶紧排队，否则转眼就卖光了。每个人都有配给券，上面标明了食物配给量。

这个新规定让我和杰米深感不安，之前苏珊每天都让我们吃得饱饱的，我们知道这是因为她有钱——虽然她说她是个穷人，但我已习惯每天定时定量进餐了。

我们决定减少食量。第一天，当杰米没吃完就准备离席时，苏珊摸了摸他的额头问："你不舒服吗？"杰米摇摇头。"那把饭吃完，我知道你还没饱呢。"

"这些留着明天吃。"杰米说。

我把盘子一推："我也是。"

苏珊厉声说谁也不许剩饭，她解释道，配给制不是食物不够，而是我们不能挑食了，得多吃蔬菜，少吃肉类、黄油和甜食。食物是足够的，而且她也愿意让我们吃饱，不管付出什么代价。

“就算这代价是你不得不出去工作？”我问。

“是的，”她坚定地说，“就算去别人家做清洁工也认了。”

要知道，这种家庭清洁工可是最低级的清洁工作了，以前邻里一些老姑娘就是做的这种工作。

“为什么？”我问。

她看着我，没说话。

“为什么？你本来不想要我们的，你不喜欢我们。”

杰米安静地坐着，一言不发。苏珊慢慢呷了一口茶，这是她用来拖延时间的法宝：“我当然是喜欢你们的，难道我对你们的好是装出来的吗？”

我耸耸肩。

“我是不想要孩子。”她继续说道，“因为如果你没有结婚的话，是不能有孩子的，而我不想结婚。我和贝基一起住在这儿的时候，是我一生中最快乐的时光。这种快乐日子不管用什么东西，包括孩子，我都不换。”

“你们来的那天我情绪很低落，不过这是我自己的事，与你们无关。我觉得自己照顾不好你们，我不是个会照顾小孩的人。”

“你也不想照顾小孩，”我说，“尤其是我们。”

苏珊说：“艾达，你这是怎么啦？你身体一天天好了起来，但说的话却越来越尖酸刻薄。”

我装作不在乎似的耸了耸肩，她不知道，我的尖酸刻薄来自我的内心，那儿充满了愤怒和怨恨。我恨苏珊，因为她只是暂时收养我们；我恨妈妈，因为她从不关心我们；我恨弗雷德，因为我也给他织了条围巾——用他给的毛线，他每天围着那条围巾，好像那是个稀罕物似的，但其实围巾织得很丑，有的地方掉了几针，有的地方又多了几针，上面到处都是洞！

我恨玛吉，因为在我告诉她我很喜欢《爱丽丝漫游奇境》后，她借给我一本《爱丽丝镜中奇遇记》，就像给了我一张旧报纸那样随意。她似乎觉得我能像她一样轻松地读书、写字，但其实我在她返校后写给她的每一封信，都会花上好几个小时，里面有很多涂改的地方和拼写错误，与她用墨水书写的花体字有着云泥之别。

我恨这场战争，把我们从妈妈身边夺走，让她没有机会表现她的母爱。

我也恨我自己，竟然因为离开了妈妈而感到高兴。

“艾达，”苏珊缓慢而清晰地说，“现在你们既然已经来了，我不会把你们送走的，我会好好照顾你们，给你们吃饱。你现在在学习读书写字，明年我会送你上学。一旦得到你妈妈同意，还会给你做手术，治好你的脚。一切都会好起来的，艾达，别担心。”

在她开始说这一长串话时，我思想又开小差了，她拍拍我的胳膊，轻轻握住我的手腕，让我听她说，我挣脱开来，但仍坐在能听到她声音的地方，于是听到了这句话——“……会给你做手术，治好你的脚。”

治好我的脚？她到底是什么意思？

三天后，我骑着黄油又一次登上山顶眺望大海，黝黯的海水汹涌澎湃，凛冽的寒风吹起黄油的鬃毛，扫在被鞍具固定住的右脚上。一绺头发被吹乱了，打在脸上，刺痛了我的双眼。尽管穿着暖和的外套，戴着帽子、手套，我仍能感受到刺骨的寒意。

海上没有船，海滩附近也没有可疑的人或建筑，铁丝网更密了。有士兵在巡逻，这是我们的士兵，如果是德国人来了，教堂的钟早就敲响了。

我骑着马慢悠悠地回到村里，屠夫站在肉店门口向我点头致意，路上还遇到两个妇人，一个朝我友好地微笑，另一个则向我挥了挥手。村民们每天都看到我骑马从这儿经过，不知道他们是否也认为，像我这样的人该被锁在家里。至少他们从没这样说过，也没有对我的脚大惊小怪。

回到家后，我取下马具，把黄油身子擦干、鬃毛理顺后，饱饱地喂了它一顿。我洗干净鞍具和笼头，把它们整齐有序地挂在架子上，我不慌不忙地做着这一切。

之后我进了屋，问苏珊道：“你说的‘手术’是什么意思？”

第三十三章　请同意治好我的脚

苏珊把我带到格兰姆医生那儿，让他给我解释。这次他没有再看我的脚。我们仨坐在医生办公室里，他说，我听。

“首先要强调一点，没有你妈妈的同意，我们没法儿手术，因为这个并不属于急诊范围。”他看了一眼苏珊，“还是没消息吗？”苏珊摇了摇头。

“我看了很多矫治手术的资料，”医生说，“但做手术的不是我，而是专科医生。我已经联系了一个最好的专科医生，他说你的脚不会复原。我解释一下，如果矫正得早的话，你的脚是完全可以恢复正常的，但现在太晚了，踝关节的功能不可能完全恢复，但手术可以改善脚的外观，让它看起来跟正常的一样，这样你就可以用跖面，也就是我们通常说的脚底板来走路。”

我想了想问：“手术痛不痛？”

“手术过程中你会处在睡眠状态，”他说，“我们会给你一种药，服用后你就睡过去了，不会有任何感觉。当然，醒后你会有痛感，脚上还会打石膏，所以需要在医院里住一段时间，可能是几个月。”

“手术后我的脚可以穿鞋吗？”

一抹笑意涌上他的眼底，尽管他口型没变化：“当然可以，等伤口恢复了就能。”

我又想到一个问题：“谁付钱？”我想手术再加上住院肯定要花上一大笔钱。

苏珊和医生对视了一眼，医生说：“到时自然有办法的，很多慈善机构会提供这方面的资助。”

我和苏珊顶着刮得呼呼作响的寒风，默默朝家的方向走。

“你在想什么？”苏珊终于开口问道。

“他说，如果这只脚早点治的话，是可以治得好的。”

“是的，很多带有这种残疾的婴儿，从出生之日起就开始矫治了。”

“都是从小就开始治的吗？”

苏珊揽住我的肩：“是的。”

我本可以自由自在地在户外行走，本可以像杰米一样跑得飞快。我说：“我一直以为你给妈妈写信，是想让她来把我们接回去。”

苏珊说："怪不得你那么生气。"

其实我不是生气，平安夜大吼大叫只是表象，第二天早上醒来后，那个脆弱无助的女孩才是真实的我，是杰米和苏珊温暖的笑容给了我力量。

到家后，我在桌旁坐下，苏珊把茶壶放在炉灶上。"你今天不想骑马？"我摇摇头，喝了一口她端过来的茶。我把辫子抓在手上，看了一会儿垂在辫梢的蓝色发带，然后脱下鞋袜，看着那只在踝关节处向内弯成了U形的脚，一个个小脚趾朝上弯曲着，皮肤因磨损过度布满了伤痕和茧巴。

苏珊说："这不是你的错。"

我说："我一直以为，是我做了什么坏事，所以才有这种报应。"

"我理解。"

"看起来真恶心。"

"我不这样觉得。"她说。

我仔细观察着她的脸，想看出她是不是在撒谎。她平静地看着我："如果你感到愤怒，可以出去扔点东西发泄一下。"

我不觉得愤怒，我只是难过，像是陷入了悲伤的泥淖。喝完茶后，我拿出纸笔，一笔一画认真地给妈妈写了封信：

亲爱的妈妈，请您同意让他们把我的脚治好。

第三十四章　做客

信寄出去后，我每天盼着回信。

邮递员每天送两次信，他把信从门上的“投信口”塞进来，于是我每天都去门口看两次。苏珊见了，说信寄到伦敦得花两天时间，回信从伦敦寄过来又得两天。但十天过去了，我仍没得到回信。

“我想信没有被送去伦敦。”杰米说，“现在正打仗呢。”不过苏珊脸上的表情表明她不认可这种说法。

到了第十二天，一封熟悉的信落在我脚边，这就是我发出去的那封信，信封上潦草地写着：查无此人，退回寄信人。

“她搬家了。”苏珊把这封未拆封的信拿在手中翻来覆去地看，“她现在住在别的地方。”

苏珊分析说，妈妈可能找了个新工作，所以搬去离工作地点近的地方；也可能政府征用了我们的公寓。总之，她搬家肯定有正当理由，这并不代表她不要我们了。苏珊还说自己会委托“妇志队”打听这事，一定有人知道妈妈搬去哪儿了。

“那我们怎么办呢？”杰米瞪大眼睛问道。

“你们跟我在一起，”苏珊说，“就像现在这样，你妈妈知道你们在这儿很安全。”

“我是说等战争结束后。”

苏珊吸了一口气：“她自然会来接你们的。”

“如果她不来呢？”杰米坚持问到底。

“别担心这个，我保证会有人照顾你的。”

“我会照顾他，”我突然发怒了，“以前照顾他的人就是我，而不是妈妈。”我恨——我恨——噢，即使到了现在，就算在心里我仍然说不出“我恨妈妈”。如果我的脚能治好，也许一切都会不同，也许她会喜欢我。

“你以前是把杰米照顾得很好，”苏珊说，“但照顾弟弟是很辛苦的事，不该是你做的。现在有我来照顾你们，你不要太累了。”

她不可能照顾我的，她虽口口声声说要治好我的脚，却根本无能为力，不是吗？全是谎言。我太想治好我的脚了，我不想它一直这么痛下去，我想像正常人那样用两只脚走路，我想两只脚都能穿上鞋子，我想上学，我不想再过那种整天被关在屋里的生活……

我跌坐在沙发上，泪珠从脸上滑落下来。苏珊把我揽进怀中，摸着我的头发道：“我理解你的心情，我也很难过。如果是摔断了腿或是病得要死了这种急症，我可以签字，但你这种没有生命危险，又是大手术，我没权做主。我找过‘妇志队’和律师，得到的答复是必须要你妈妈同意才能手术。我会继续找她，我们一定能找到她的。”

“我不想只是活着。”我说。

“我知道，但你也要有这个准备，如果最终不能手术的话，你怎么办？”她说，“我知道这很难，但现实就是这样。”

这个冬天非常寒冷，因地面覆雪太厚，我没再去爬山，而是每天下午去弗雷德那儿帮他干活，他一人忙不过来。我到后，把黄油牵进马厩，就和弗雷德忙活开来，给马喂水、喂食。天寒地冻，水槽里的水很快就结成冰了，干草的消耗量也很大。这段时间，我们没再在外面训练黄油跳障碍，活儿一干完我就直接回家。

每次回到家中，我手脚俱僵，浑身抖个不停，苏珊见状心疼地说：“你太辛苦了。虽说是战争时期，但如果弗雷德一人忙不过来，索顿夫人就该再雇个人。”

“不辛苦，”我说，“真的。”

苏珊想让我明年上学，她从镇上图书馆借来各种各样的书让我读，叫我有不认得的字就问她。随着阅读量的增加，我认识的字越来越多，同时她还开始教我数学和历史。

我们的一天是这样的：一大早天还没亮，苏珊就把我们叫起来了。我们忍着寒冷穿好衣服，洗漱完毕后下楼，杰米生火，苏珊做早饭，我喂马。饭后，杰米清洗餐具，我和苏珊把黑窗帘拉开，开始做家务、读书、缝纫，杰米则陪波卫尔玩。下午杰米上学，苏珊购物，我去弗雷德那儿帮忙，回家后继续忙家务。晚餐后，苏珊一边帮我按脚，一边读故事书给我们听，之后我们上床休息，盖着厚厚的毯子进入梦乡。

入冬后，我右脚上长满了冻疮，把苏珊吓坏了，我倒无所谓："每年冬天都会长。"她摇摇头，转身找弗雷德想办法去了。弗雷德找了一块缝补马具的厚皮子，和苏珊一起给我做了一只侧开边的靴子。靴子很宽松，穿上厚袜子后把脚套进靴子，再扣上侧边的扣子，可以把脚包严。弗雷德给皮靴刷了油，防止雪水浸进来。有了这只靴子后，冻疮没有恶化，但也没有好转，苏珊看在眼里，急在心上。

"不明白你干吗要担心，"我说，"这没什么的。"

"肯定很痛。"她说。我耸耸肩，的确痛，而且还痒，有时半夜能把我痒醒，但我有什么办法呢？

"一直都痛，"我说，"每年冬天都要生冻疮。"不仅脚，我的手也是这样。

"我们得想个办法，明年冬天不能让它再长，肯定有办法的。"她说。

我看着她："明年冬天我还会在这儿吗？"

她说："多半会，战争看来一时半会儿结束不了呢。"她从村里买来鹅油，细心地给我涂在冻疮上。

斯蒂芬家的上校又发来了邀请函，这一次我答应了。冬天很无聊，有点别的事做也挺好。再说，我现在不像以前那么怕接触陌生人了。

客厅里很暖和，上校在最里面的毛背心外面套了好几件开衫，正襟危坐在一个摆放着司康饼和火腿三明治的茶桌旁，笑着对我说："亲爱的，我们把配给的黄油省下来招待你呢。"

果然，我看到司康饼旁边不仅摆着果酱碟，还有一小碟黄油。"谢谢您。"我说。

"请别客气。"他说。

我拿了一小片。

"多拿点。"他说，仿佛视力一下变好了似的。

我笑了，斯蒂芬忙说："别担心，她拿了好几块呢。"气氛一下子活跃起来了。

斯蒂芬谈起火车站旁又贴了一幅新海报，画的是希特勒正在听一些英国人聊天。"'祸从口出'，"他引用从别处听来的句子，"这是新闻短片里说的。"

第一次看电影后，苏珊又带我们看了一次《绿野仙踪》，但播放正片前的新闻短片时，她让我留在大厅里。我问斯蒂芬："杰米经常说起间谍的事，政府也在说，这事到底是不是真的？你觉得我们这儿会有多少间谍？"

“上百！”上校说，“他们到处都是！就是因为间谍告密，皇家‘橡木号’才被击沉的！不然的话，德国潜艇怎么可能顺利地开进斯卡帕湾？”

我知道这是流传于坊间的说法。“是的，但是——”

“你可能以为在被占领的法国，甚至在德国都没有我们派出的间谍吧？错了，当然有！所以德国人派间谍来我们这儿也是顺理成章的事。”

我顺势告诉他我经常爬上山顶，在那儿观察有无间谍活动的事。

他点点头：“时时处处都要注意观察，就像我经常跟斯蒂芬说的那样，对任何事物都要留心，也许一个德语单词、一个无意识的动作就会暴露——”

斯蒂芬笑着给我又拿了一块司康饼，我也朝他笑了笑。尽管我们谈论着海报、新闻短片以及间谍这些严肃的话题，但坐在这个温暖如春的客厅，看着窗外飘舞着的片片雪花，很难让人相信我们现在正与德国交战。

到了一月末，德国潜艇击沉了五十六艘英国船，大多是运载食物和日用品的货船。

二月份又有五十一艘英国船被击沉。商店里的商品越来越少，煤炭尤其供不应求，严寒却像一头怪兽肆无忌惮地耍着威风，我们不得不早睡晚起，以节省煤炭，这种状况一直持续到白天渐渐变长。

第三十五章　十一岁生日

玛吉回家来过复活节，她了解到我每天要干多少活儿后很吃惊，家里的状况更让她震惊不已。“我给妈妈说了，把一些不用的房间暂时锁上。”玛吉十二岁了，在学校里属于高年级女生，明年就要升入更高级的学校，“现在人手不够，没必要死撑着维持以前的派头。格兰姆斯必须得有帮手，不然他会累死。”看着我想表示抗议，她赶紧补充道，“我不是说你不行，但让你这么一个小女孩干这么多活儿太荒谬了，你也会累死的。家里的园丁完全可以帮格兰姆斯喂马，反正我们也准备响应政府号召，把花园变成菜地。”

我点点头，苏珊雇了牧师组织的那群男孩，把前院的灌木丛砍了，把后院的空地也开垦出来做“战时菜园”，准备种上土豆、萝卜、胡萝卜、抱子甘蓝、豌豆等一应作物。避难屋顶上的薄土里已撒上了莴苣种子，杰米还吵着要养鸡，因为商店里的鸡蛋也越来越少了。

“听妈妈说，疏散来的儿童大多已经回去了，她觉得是她工作没做好。你也会走吗？”玛吉又问。

我摇摇头：“我妈觉得我们待在这儿安全些。”这个冬天我给玛吉写了好几封信，但从没提过妈妈的事，我不想让她觉得妈妈像丢垃圾一样丢下我不管了。“对了，这周五是我身份证上的十一岁生日，你能来和我们一起庆祝吗？”

玛吉听说过我生日的事，知道这个生日不是真的，但她仍很吃惊：“我还以为你早满十一岁了，你虽然瘦小，但很成熟。”

她的话把我逗乐了：“是吗？你该把这句话说给苏珊听，也许我们该庆祝我满十二岁。”

玛吉没接我的话，自顾自说下去：“我会来的，你根本想象不到待在家里多可怕，我不喜欢住校，但现在感觉住校都比在家好。妈妈天天担心这个、害怕那个的，都快成神经病了！”

我印象中索顿夫人可是个风风火火的女强人，招募志愿者，管理“妇志队”，成天忙得脚不沾地。我把这些说给玛吉听，她做了个鬼脸。

“那是她在公众面前的形象，私下里才没那么雷厉风行呢，什么事都慢三拍。我也不知道她什么时候变成这样的，从她给我写的信中完全看不出来。”

玛吉还告诉我，乔纳森已经完成了飞行员训练课程，正在伦敦北部的斯坦福皇家空军基地服役。“妈妈接受不了这个，”她说，“她的三个哥哥都是飞行员，在第一次世界大战中牺牲了。”

我打了一个寒战：“也许乔纳森该去当步兵。”

“爸爸也这样说，但乔纳森就想像舅舅一样成为飞行员，这是他从小的理想，并不是受了这场战争的影响。妈妈虽然不同意，但乔纳森二十一岁了，能自己做主，妈妈管不了。”

“如果他死了，妈妈也活不成了。”玛吉继续说道，“在乔纳森和我之间，妈妈还生过两个男孩。三个儿子取的都是去世的舅舅的名字，但那两个很小就得伤寒死了，之后妈妈又生了我这个没用的女孩。从乔纳森出生之日起，妈妈就一直害怕会再有什么战争。”

“我会帮你看着她的，”我说，“一旦你妈有什么异常，如果我看得出来，我就给你写信。”

玛吉感激地点点头：“你体会不到我的感受，离家很远，每天都在担惊受怕中度过。”但接着她长久地凝视着我，神情严肃，“也许你能体会。”

“这不是我真正的生日。”在我生日派对的那天早上，我说。

“当然不是。”苏珊说。

“也许我还没满十一岁，或者早过了。”一想到这个就来气，所以我决定不再想了。

“是啊，有这两种可能。”苏珊说。

“也许我已经十四了呢。”

“怎么可能？你连胸都没有。”她回答道。

这句话让杰米直接把一口牛奶从鼻子里喷了出来，我也乐了，心情开朗了不少。

餐桌铺上桌布，摆着杰米采来的野花。虽然实行了配给制，但苏珊还是省下足够的白糖给我烤了个小蛋糕，配上蛋奶沙司。她还做了肉沫三明治，配菜是鲜萝卜，切得薄薄的。她送给我的生日礼物是一条新裙子和一本书。裙子是用贝基的一条旧裙子改的，亮蓝色，让人想起春季明媚的蓝天。书的名字叫《柳林风声》，是一本旧书，封皮已经褪色，而且磨损严重。我翻开书，扉页上面是龙飞凤舞的两个字——苏珊，下面她新写了几行字：

送给艾达

爱你

1940年4月5日

“这是我的一本旧书，”苏珊清清嗓子，“真对不起，本想给你买本新的，但商店里没有。”

我抬起头来对她说：“我更喜欢这本。”

玛吉送了我一匹玩具小木马。“怎么说呢？这是我们小时候的玩具，”她说，“那天我突然觉得它越看越像黄油。”

的确，这匹马看起来就像是夏日艳阳下意气风发地驰骋在草原上的黄油。

晚上睡觉前，我把新书放在卧室里苏珊特意为我和杰米腾出来的书架上，玩具木马放在窗台上，这样躺在床上也能看到它，新裙子则挂进衣柜。

我有这么多东西了。我越发难过起来。

新的一周刚开始，就传来了坏消息：希特勒占领了挪威和丹麦。虽然我对这两个国家知之甚少，但听到这个消息，感觉就像英国已经输了这场战争似的。很快，希特勒又攻占了荷兰和比利时，这期间温斯顿·丘吉尔当选为英国新首相。这场战争我本来都快忘了，就像伦敦那间公寓，在脑中只剩一个不真切的印象，现在却突然变得清晰起来。苏珊每晚会听收音机，现在我和杰米也开始关注新闻。虽说英国还没遭到轰炸，但德国人离我们已经很近了，大家都认为英国会是德国的下一个目标。为防止突然袭击，机场周围建起了不少碉堡。

收音机里，政府号召我们：

不浪费食物。

不与陌生人说话。

注意保密。

严格执行政府规定。

发现可疑情况及时向警察报告。

不散布谣言。

如果德国人来了，把对敌人有用的东西全部藏好。

“比如什么东西呢？”杰米问，“枪？”

“是的。”苏珊说，“索顿夫人的丈夫收藏了满满一个房间的猎枪，德国人来了的话，这些枪就得藏好。”

“不过我们家没有德国人需要的东西，”她继续说道，“没有枪，也没有值钱货。”

想了想，她又安慰我们说：“你们不要担心，就算德国人来了，他们不会对小孩怎样，挪威和荷兰的儿童都没有受到伤害。”

但她说的这番话并不能让我们放心。

村里有了传言，说德军之所以这么顺利地攻占荷兰，是因为他们派了不少间谍去那儿做内应。这些间谍被称为“第五纵队”，我不知道为什么叫这个名儿。火车站旁的墙上出现了新海报，上面写着“口风不紧舰船沉”，提醒市民英国也可能隐藏着许多德国间谍。

三月份有二十六艘船被击沉，四月份是十艘，数字下降是因为敢冒险去闯德军封锁线的船越来越少。

杰米又开始尿床了，苏珊带他去了机场，本想让他吃颗“定心丸”，没想到机场人员告诉杰米英国当然有德国间谍。他们还说，小孩子在观察事物方面具有大人不能比拟的优势，所以杰米应该多观察，发现有什么不对劲的就立马向他们报告。

恐怕连苏珊都没想到这个结果——英国皇家空军的士兵成功地说服杰米成了一个探子，但不管怎样，他很快停止尿床了。

政府号召没有入伍的男子组成“地方防卫志愿军”，麦克弗森上校想加入却被拒绝了，这使他大为光火：“国家危急，我却报国无门！”

“因为你眼睛看不见了，但这不是你的错。”我安慰他说。我们是在图书馆遇到他们的，苏珊帮我借了一些书，斯蒂芬也是来借书的，准备回去读给上校听。

“不用安慰我，”他怒气冲冲地说，“我讨厌这种没用的感觉！再说了，这男孩也想加入，但他们也不要他！”

我惊恐地看着斯蒂芬：“你多大了？”

“十三。”他说，接着他压低了声音，“我并不是真的想参加，只是做个样子给他看，免得他失望。照顾他基本上是全天候，如果我走了，谁来帮他排队买东西？”

因为缺少武器，“地方防卫志愿军”训练中使用的是长柄扫帚。斯蒂芬说上校把他在布尔战争中用过的枪捐了出来，这些枪已有五十年历史，长满了铁锈。“实际上都成废铁了，但他心里能好受点儿。”斯蒂芬说。

排队抢购日用品成了日常现象。除了肉是配给外，很多其他东西的供应也日益渐少，洋葱因价格不断飙升被称为“固体黄金”。直到这时我们才知道，此前店里的洋葱都是从国外进口的，现在不能进口了，只能自己种，但从撒下种子到长成耗时很长。

五月中旬，希特勒开始进攻法国。驻守在法国的三十七万英军与法军并肩作战，但在德军巨大的攻势下，防线不断收缩。五月末发生了敦刻尔克大撤退，大家普遍认为这是战争史上的奇迹，但对我们村的人来说却恍如一场噩梦。

第三十六章　营救敦刻尔克士兵

我们被一阵激烈的敲门声惊醒了。杰米抓住我的胳膊低声问："是德国人来了吗？"

我的心咚咚地猛跳起来，正准备把杰米推到床下时，却听到索顿夫人的叫声从楼下传来："苏珊，快起来！有急事！我们需要人手！"

苏珊穿衣服的时候，我已冲下楼把门打开，索顿夫人不停地喘着粗气，好像这一路她是跑过来的，当然我看到她的车正停在车道上。"发生什么事了？"我问。

"有一艘从敦刻尔克撤回来的船停在村口，船上的士兵在横渡英吉利海峡时遭到了轰炸，伤亡惨重。"说到这里，她又扬头叫道，"苏珊！"

"来了！"苏珊一边往楼下跑，一边把头发塞进"妇志队"的制服帽里，她停下摸摸我的脸问，"你和杰米两个在家没问题吧？”

“放心吧。”我揽着杰米，目送索顿夫人把车掉个头，一溜烟开走了，卷起一股尘烟。“不是德国人来了。”我对杰米说。

杰米看着我说：“他们遭到了轰炸。”

“轰炸”是指用飞机从空中投掷炸弹。我倒抽了一口气：“是的。”

就在前一天晚上，我们刚从收音机里听到一个让人担忧的消息，节节败退的英军被困在法国敦刻尔克附近的海域，由于那里水浅，皇家海军无法出动大型军舰进行营救。广播呼吁有小型船只的民众积极出力，帮助士兵回家。

村里的渔船响应了号召，纷纷开往敦刻尔克，我想象着三十七万士兵争先恐后攀上渔船、顺利返航的情景。

但这是不可能的，船少人多，加上德军的围追堵截、高空轰炸，能活着回来的人没有多少。

“我来做早饭。”我故作轻松地说，不想让杰米担心。

“我不饿。”他说。

“我要煎香肠。”这句话总算换来了杰米的笑容。

香肠味道很怪，我估计里面大多是燕麦粉，肉很少，不过我没说出来。

饭后换好衣服出了门，一架又一架飞机轰鸣着冲向蓝天，向海边飞去，却不见它们返回。

“我想去跟飞行员说说话。”杰米说。

“今天别去，他们忙着呢。”我说。

他点点头：“他们要去轰炸德军。”

我们看了一会儿飞机。我渴望能像苏珊一样为战事出力，我知道我能的。

杰米可怜巴巴地看着我：“我们不能就这么一直站在这儿。”

“是的。”我突然想到可以做什么了，“今天你去弗雷德那儿帮我干活，我要去镇上。”

杰米正想反对，我抢在他开口之前制止了他。“我是‘妇志队’的初级成员，”我即兴编了套谎话，“索顿夫人希望我能像战士一样履行职责，我希望你也能勇敢地负起责任。”

杰米的眼睛瞪圆了，连连点头。

“你待在弗雷德那儿，等着我或苏珊来接你。他会管你吃喝的，如果我们没来，你就在他那儿睡。告诉他这是我说的。”

杰米点点头：“我能骑黄油去吗？”

“当然可以。”杰米已经骑过黄油很多次了，我帮他装上鞍具和笼头。

他走后，我换上那条天蓝色裙子，编好辫子，在一只枕套里塞满苏珊做绷带的碎布头，拄上拐去了镇上。

在帮助过从敦刻尔克撤回来的伤员后，我再看此类新闻短片时已不觉得害怕了。不过我觉得这种短片不真实，士兵们虽一脸脏污，神色疲惫，但在镜头前却神采奕奕，他们竖起大拇指、挥着手尽情欢呼，表达着回家后的喜悦与感激之情。

也许在别的地方是这样，但来我们村的，都是生命垂危奄奄一息，少数没有生命危险的，也因为撤退途中缺少饮食而萎靡不振。

受伤较轻的战士把重伤员抬进了镇政厅，就是我刚来那天，站着等人挑选的那个地方。

我看到很多身着“妇志队”制服的人进去了，于是也跟着推门进去。

我捂住嘴，大厅里弥漫着浓得化不开的血腥气，重伤员因大便失禁，浑身沾满了粪便，这些是报纸上和新闻短片里看不到的。看着这一切，泪水慢慢涌上我的眼眶，胃也绞痛起来。

伤员躺在担架上呻吟着，在一大群忙碌的军医和“妇志队”工作人员中，我看到了格兰姆医生的身影，还有索顿夫人，她的脸已被血染花了。苏珊抬起头来看到我：“你出去！”

我看清了她们正在做的事——为伤员清洗屁股。她们不会让我做这个的，于是我朝她点点头，转身向外走去。

酒吧和图书馆安置了大批轻伤员，安置不下的则流落街头。他们跌跌撞撞地走在街上，有的走着走着就摔倒在地痛哭起来。“小姐，”一位坐在马路牙子上的伤员叫住我，他一条腿鲜血淋漓，直直向前伸着，“能帮我找点水吗？”

我去了酒吧，里面挤满了伤员和来帮忙的村民，没人注意到我。我把拐杖和枕套放在吧台后，装了一罐水，还顺手拿了个杯子，一瘸一拐地走到那个要水的伤员面前，他一口气就喝光了。

我来来回回又走了几趟，最后酒吧老板的女儿——一个和我差不多大的女孩提着一桶水出来了：“你别走了，让我来吧。”

越来越多的伤员聚集过来，沾满汗渍和血斑的军装发出一股股恶臭，一双双干裂的嘴唇和惶恐的眼睛在我眼前晃动着。黛西——酒吧老板的女儿——送来了一桶又一桶水以及杯子。我拿杯子舀满水，让伤员们传递着喝。喝好后，伤员们渐渐退去——我后来打听到，走得动路的去了火车站，在那儿坐车回北部军营——我这才回到酒吧，看有什么能帮得上忙的。酒吧里的景象与镇政厅如出一辙，到处是血迹斑斑、满身污秽、疲惫不堪的伤员。黛西和我一起跑上跑下，分发食物和水。

我觉得一艘船——就算再大——也不可能装得了这么多人，我把这疑惑向黛西说了，一个村民插话道：“现在为止至少来了三到四艘船，这些船在哪儿能靠岸，就把人卸在哪儿，然后再返回去接人。”

天黑了，黛西妈妈把我们领到厨房，让我们在一张长条桌旁坐下。她把堆满食物的盘子推到我们面前：“快吃点东西。”

黛西坐着一动不动，我正想拿起餐叉，突然看到有什么东西滴落在黛西的盘子里。我抬起头，眼泪正如泉水般从她眼里涌出。

“别哭，”黛西妈妈说，“哭有什么用？”

“但他们要死了。”黛西说。

“不会的，虽然看着惨，但男人经得起折腾，就算再惨点儿也死不了，到时你就知道了。快点儿吃了休息，不然我把你俩都赶上床。”

我们开始吃饭。“你的裙子弄脏了。”黛西说。

我低下头，这条天蓝色的裙子上沾满了污垢。“这是我最喜欢的裙子。”我说。

黛西点点头：“确实很漂亮。”

休息了一会儿，我俩又回去继续为伤员分发茶水。

一个士兵抬起头来看着我，眼睛亮闪闪的：“小姐，能帮我个忙吗？帮我写封信，我的手没知觉了。”

“我让黛西来帮你吧。”我说。我写字慢，也不好看。我找到黛西，拿着纸笔回到这个士兵身边时，发现他的眼睛已经紧紧地闭上了。

他死了。

他死了，就死在我们面前。但他看起来不像受了伤的样子，身上一点血迹没有。另一个士兵解开他的上衣，把耳朵贴在他左胸上。他身上连个伤口都没有，但他就是死了，士兵找来一张毯子把他的脸盖住。

我喘不过气来，就在刚才，他还在和我说话，要我帮他写封信，现在却已去了另一个世界。悲伤像浪涛一样将我淹没，我的思绪飘散开来，黄油、杰米……直到黛西使劲捏我的手，才让我回过神来。

“这就是战争。”她低声道，我点点头，这时又有士兵在叫着要茶水，我和黛西赶紧忙活开了。

敦刻尔克大撤退那个星期，伤员一直不停地被运来，后面来的虽说没前几批惨重，但也总有一些重伤员。运伤员的船到达时间不固定，总是刚处理完一批，又运来另一批，镇政厅从早到晚都塞得满满当当的。喷火式战斗机不分昼夜地起飞以掩护撤退，而村民们则全力投入到照顾伤员的工作中。

第一天快到半夜时，苏珊在酒吧找到了我。从黛西妈妈那儿得知我的表现后，她勉强同意我留下来继续帮忙。黛西妈妈让我睡在酒吧里，“妇志队”的人则是轮流在“妇志队”总部办公室休息。

“你还是个孩子，不该看到这些的。”苏珊说。

“我已经长大了，我能帮得上忙。”我本想告诉她关于那个死去的士兵的事，但又害怕她听了会赶我走。

她凝视我良久，缓缓道：“是的，你长大了。”

第二天一早，苏珊用酒吧的电话打到索顿夫人家，跟弗雷德和杰米通了话，之后我们就各自忙开了。当我和黛西累得坚持不下去时，我们就去厨房的长凳上打个盹儿，养足精神又接着干，人人皆是如此。幸运的是，杰米托付给了弗雷德，波卫尔留在户外可以自由捕食，这让我和苏珊可以心无旁骛地专注于伤员救护工作。是的，现在轮到我们上场与敌人作战了。

据统计，最后一共有三十三万英国士兵获救，温斯顿·丘吉尔把这称为英国史上“最光辉的时刻”。我和苏珊、杰米安坐家中，听着收音机里丘吉尔的演讲时，很难把那些奄奄一息、充满绝望的伤员和“光辉时刻”联系起来，但同时我不得不承认，我变了。以敦刻尔克大撤退为转折点，我不再是以前那个怯懦的女孩，现在的我坚强、无所畏惧，有面对困难绝不放弃的勇气和毅力，我像一只浴火的凤凰，获得了重生。

第三十七章　比遭受轰炸更可怕的事

几天后，当苏珊和我去镇上时，我特意去了酒吧，想跟黛西打个招呼。“噢，亲爱的，”她妈妈把我拉到她丰满的怀里，亲了一下我的头顶，“我把黛西送走了。”她又对苏珊补了一句：“你最好赶快把你的孩子也送走。”

村里已经在疏散本地儿童了。

对英国虎视眈眈的希特勒就在海峡对岸，距此地不过三十英里，他挥师进入海峡群岛——根西岛和泽西岛——并很快征服了那个地方。

我们所在的肯特郡离驻守在法国的德军最近，所以如果希特勒要入侵英国的话，这儿将是他的首选之地。

苏珊没有回黛西妈妈的话，不过她过后让我和杰米别害怕。她说如果我们的妈妈想让我们转移去别的地方是另一回事，但在这之前，我们哪儿也不去。

几天后索顿夫人来了，她说疏散来的儿童和本地的孩子都转移了，想让我和杰米也走，“妇志队”会给我们联系一个新的收养家庭。

“这样一来，他们的妈妈就不知道他们去哪儿了。”苏珊抗议道。

“这个你不用担心。”索顿夫人说，“我会把新地址给你的，等他们的妈妈联系你时，你再给她就是了。”

苏珊还是很犹豫：“我不知道这行不行。”

索顿夫人气得鼻孔直喷气，很坚决地说：“德国人马上就要来了，到时这儿里里外外都是德军，肯定会打仗。为了孩子们的安全，得把他们送到尽可能远的地方，我都让玛格丽特直接去新学校，这个夏天别回来了。”

这番话让我挺失落，我还盼着和玛吉见面呢。

索顿夫人继续说：“你必须把他俩送走。”

失落的心情稍稍平息后，一股非常强烈的情感涌上心头。我当时还不知道这种情感代表着什么。我望着窗外，思绪如野马一般奔腾着，无法控制地想起了黄油。

“……这是比遭受轰炸还可怕的事。”隐约听到苏珊在说。

索顿夫人摇了摇头：“战争的事可不能滥用感情。”

“你以为我在抒情？”苏珊激动起来，声音一下抬高了，震得我耳朵嗡嗡直响，她揽住我的肩，“你看看他俩，看看艾达现在什么样，如果她跟错了人，马上就会变得跟以前一样。”

我摇摇头，压抑住内心的恐慌，想弄清他们在说什么，但索顿夫人不说话了。我抬起头来看她时，发现她正神色复杂地盯着苏珊。

“她很不容易，”苏珊说，“但不管是现在还是将来，我都要尽我所能来保护她，必须得有人这么做。”

索顿夫人终于开口了，语气很平静：“我理解。虽然不知道你这样做对不对，但我明白你的意思。不过这男孩——”

“不行，”苏珊斩钉截铁地说，“分开他们的话，两个都活不了。”

索顿夫人离去后，苏珊让我们分坐在她两边：“听着，我不会把你们送走的。”

她絮絮叨叨说了很久，但除了那句“我不会把你们送走的”，其他的我都没听进耳中。

内心的翻江倒海渐渐平息，我终于又能正常呼吸了。

“你怎么啦？”她问我。

我不知道该怎么回答，我甚至想不到合适的词来解释那种窒息般的感受，但现在我又喘得过气来了。

苏珊等着我说点什么。我仍觉得头晕目眩，终于，我咽下一口唾沫，道：“我愿意待在这儿。”

“这样最好。”她说，“我也不想你有别的选择。”

苏珊是对的，夏天到了，树木和草坪又变得郁郁葱葱的。阳光炽烈，草长得极快，都有黄油的膝盖那么高了，菜园里的蔬菜也长势旺盛。

弗雷德在工具棚里发现了一辆旧自行车，把它修好后送给了杰米。其他孩子已经转移去了别的地方，杰米无学可上，每天跟我一起去帮弗雷德干活。园丁很怕马，也没有饲养牲畜的经验，后来他也参军去了，所以现在又只剩下弗雷德一个人。索顿夫人卖了两匹马，又让三匹老马安乐死了，纵然这样，还是有干不完的活儿。以前水草丰美的牧场已改为菜地，政府派了女工来接替被征召入伍的男工的工作。女工们住进了马厩旁边的男工宿舍，但她们只做农活。“马现在不是最重要的了。”弗雷德说。

杰米现在被严令禁止去机场了，飞机不分昼夜地起起落落，我们目送它们飞上云霄，渐渐缩成一个点。我知道，它们在海峡上空巡弋，准备随时迎头痛击侵略者。

夏季的夜晚不像冬天那么黑，让我很难入睡。一天夜里，杰米和波卫尔一唱一和地打着呼噜，我遂起身去了楼下光线暗淡的客厅。没想到苏珊也在这儿，她坐在沙发上，腿蜷缩在身下，眼神空洞地盯着某处，但我看出这不同于一年前那种伤心抑郁的眼神。她也看到了我：“睡不着？”

我摇摇头，她拍拍身旁的座位示意我过去。我来到她面前，左脚和拐杖深陷进毛绒地毯，而右脚脚趾刚能擦着地毯表层。

“大家仍然认为我该把你们送走。”她说。

我点点头，索顿夫人就是其中之一。每次我去“妇志队”帮忙干缝纫活儿时，索顿夫人都会嘀咕这个。

“我部分同意他们的看法，”她继续道，“我知道他们是好心，但是要融入一个新的家庭不是那么容易的，所以我现在能够理解为什么你们刚来不久，有的家长就来把孩子接回去了。”

希特勒现在在巴黎，没准儿下周就来伦敦了。

“很长一段时间，我认为自己疏忽了你，没能像我妈妈照顾我一样无微不至地照顾你。我妈妈照料我那叫一个细，身上的衣服总是干干净净的，甚至连鞋带都熨得平平整整。如果换作是她，她绝不会像我这样，让你整天在外疯跑。”

“不过，我现在觉得，我做得也挺好，你不一定会喜欢我妈妈那种方式，你觉得呢，艾达？”

我在沙发上坐下：“我不知道，我不想事的时候脑子很清醒，但一旦要认真思考什么，反而会一片空白。”

“理解，我有时也这样。”苏珊说。

我把头靠在她身上，先是一点点，见她没移开，我放心地全部靠了上去。她揽住我的肩，让我紧靠着她。我渐渐沉入梦乡，恍惚间感觉她在我头顶轻轻吻了一下。

空袭终究还是来了，就像平安夜那晚，我又一次失态了。

第三十八章　避难屋

那是七月的第二个星期，因天气炎热，我们把窗户敞开，窗帘放下，我头刚一沾上枕头就睡着了。

呜呜——呜呜——呜呜——警报突然响了起来，声音越来越大，好像近在咫尺。杰米跳下床，想抓住满地乱窜的波卫尔，反被它挠了几道口子。我刚抓起拐杖，就见苏珊穿着睡袍冲了进来："快，离开这儿！"

但我快不起来，楼梯这么长，我的手又抖得厉害，我要被炸死了，我想。

杰米跑在前面，苏珊陪着我："别慌，没事的。"

我们从后门出来，杰米一头钻进避难屋，把波卫尔塞进了篮子，小猫像个婴儿似的怒吼着，似乎在责怪杰米弄疼了它。

我站在门口不愿进去，心里又恨又怕，家里那个爬满蟑螂的小橱柜浮现在我脑海中，久久挥之不去。

“艾达，”苏珊在我背后催促道，“进去。”

不，我不要进到这个阴暗潮湿、和橱柜有着一模一样的味道的地方，我不要！

警报还在响，苏珊叫道：“艾达，快进去！”

不知何处传来一声巨响，听起来像是飞机爆炸了，德国人开始轰炸我们了，他们把炸弹投在肯特郡这儿，投在这个可怕的橱柜门口——

苏珊一把抱起我走下台阶，熟悉的味道袭来，我仿佛看到了一群群令人毛骨悚然的蟑螂向我拥来，耳边响起妈妈狰狞的笑声。

我尖叫起来，又一声爆炸过后，除了我的叫声外，好像还有杰米的声音，我不知道，头脑已是一片混沌。迷蒙中我睁大眼睛看着四周，这里是橱柜！我又回到这个熟悉的地方了，恐惧像波浪一样袭来，我渐渐失去意识，沉入绝望的深渊……

突然有什么东西披在我身上，那是一张羊毛毯，苏珊像平安夜那晚一样用毯子把我紧紧裹住。“嘘！”她把我放在长椅上，然后半靠在我身上，我被禁锢在她的后背和墙壁之间。“我们都在，这儿很安全。”她让杰米坐在她腿上，杰米抽抽搭搭哭个不停，她安慰他道：“别哭，杰米，没事的，她只是吓坏了，这儿很安全。”

毛毯让我慢慢平静下来，橱柜渐渐隐去，我发现我是在避难屋里，杰米和苏珊也在这儿。我停止尖叫，心跳也平缓了许多，我把已被泪水打湿的毛毯贴在脸上，让羊毛味充满鼻腔。

远处又响起一声爆炸，随即机场方向传来高射炮的突突声。

“别怕，”黑暗中传来苏珊疲惫的声音，“我们在这儿很安全。”

警报在两个小时后解除了，苏珊抱起早已睡熟的杰米，我披着毯子跟在她身旁回了屋。由于太累，我们没上楼，直接在客厅睡下了。

第二天上午醒来后，苏珊对我说：“艾达，以后肯定还会有空袭，去避难屋的时候还多着呢，你得有这个准备。”

我打了个寒战，真不想再踏进里面一步。

“你为什么那么害怕进去？”苏珊问。

“妈妈的橱柜——就是那个味道——”恐怖的回忆又开始了，快想想别的，对，黄油，想想我现在骑在黄油身上！

她轻轻拍了拍我的下巴：“我们可以改变那个味道。”

她从市场上买来迷迭香、熏衣草和鼠尾草放进避难屋里，甚至连长椅边沿都垂挂着这些花花草草。浓郁的花香草香很快取代了霉湿味，即使干枯后仍留有余香，加上苏珊每次都用毯子裹住我，虽然内心仍觉惊惶，但我不会再失控尖叫了，脑中也不复再现橱柜的画面。

这很重要，因为从第一次之后，几乎每晚我们都被警报惊醒，仓皇躲进避难屋，这场在历史上被称为“不列颠大空战”的战役已经打响了。

希特勒知道，如果不能打败皇家空军，登陆英国不过是一句空话，所以必须首先除掉皇家空军这个“绊脚石”。德军的飞机和飞行员在数量上占有优势，但他们的战斗机属于短线航程机型，也就是说，他们最多飞到英格兰西南角就得返航回去加油，所以位于西南方的肯特郡的空军机场就成了德军的主要轰炸目标。

德国人知道，每摧毁一架飞机——不管是在天上飞的，还是停在机场上的——他们就离英国近了一步，所以，炸毁跑道，让飞机无法安全降落也成了他们的共识。就在空袭的第一天，机场的两处库房被炸平了，留下了坦克大小的巨坑。幸运的是，轰炸发生时地勤人员及时进了掩体，解除警报后他们干了一个通宵把坑填平，保证了飞机的安全降落。

七月盛夏，满目苍绿，我骑着黄油穿过迎风摇曳的青草，登上山顶，看着艳阳下波光粼粼的大海。野玫瑰爬满树篱，空气中弥漫着花香，清风徐来，惹我满心欢喜。不过我没有忘记监视敌机和间谍的重任，尽管到目前为止他们从没在白天出现过，但我仍没放松警惕。

苏珊不愿我成天出去，但她也不好阻拦。因为机场就在附近，我以“待在家反而不安全”作为外出的理由，她听后板着脸说：“那干脆把你送走算了。”

看吧，她就是这么个难相处的人，但离开她，我会怎么样呢？

如果我们被送回家，等待我的会是什么样的命运呢？

我低头看着鞋尖：“我不能离开黄油。”

苏珊叹了一口气：“你在伦敦时没有马骑，还不是一样活得好好的？”

我抬起头看着她，也许我是“活得好好的”，但在见识了外面这个广阔的世界后，我还能再回到那个只有一间斗室的牢笼中去吗？

“我知道你在想什么，”她语气柔和起来，“所以我坚持把你留在这儿。”

“有些事比遭受轰炸还可怕。”我记起她说过的那句话。

“是的。再说了，肯特郡这么大，他们不可能把每一寸土地都炸到。”她话虽这么说，但望向机场的眼里流露出了深深的担忧。

第三十九章　一个间谍?

伴随着爆炸和枪炮声，我们在避难屋里度过了一个又一个不眠之夜。苏珊有只手电筒，但没有电池，所以她点燃蜡烛放在花瓶里，借着微弱的烛光给我读《彼得·潘》《秘密花园》《柳林风声》。有的书是从图书馆借的，有的则是她自己的藏书，杰米则在一旁自己看《海角一乐园》。一天晚上，忽闪的烛光投影在锡皮墙上，杰米突然有感而发，说："我们跟这家人一样，也住在温暖而安全的岩洞里。"

我打了一个寒战，此时我身上正裹着一条薄薄的床单——毛毯太热裹不住——温暖我没有异议，但安全？不，我永远不会觉得这儿安全。"这儿当然很安全，"苏珊说，"你觉得卧室才安全？不，这儿比卧室安全多了。"

我觉得哪儿安全无关紧要，反正每次只要警报一响，她就把我赶到这儿来。

人们移除了路上的路标指示牌，这样德国人就算来了，也找不着方向。

杰米在花园刨了一个坑，随时准备把收音机埋进去，让敌人没有任何信息来源。

我思考的问题则是，如果德国人进村时——到时所有教堂将会万钟齐鸣，所以我会反应过来发生了什么事——我正在外面骑马，我应该走哪条小路才能以最快的速度跑回家。

“如果德国人把黄油抢走了咋办？”我问苏珊。

“他们不会的。”她说，但我知道她在说谎。

“该死的德国佬，”我去帮弗雷德干活时他嘀咕道，“如果他们敢来，我就用这把叉子戳他几个透明窟窿。”弗雷德最近一直闷闷不乐，猎狐马正在外面吃草，但以前用作饲料种植场的几块地已种上了小麦，他不知到了冬天这些马吃什么。此外，住在阁楼上的那些女工也让他心烦。“她们每天工作十二个小时，晚上还出去跳舞。”他说，“全都光着个脚，以前的女孩子可不会这样。”

我觉得这些女工其实挺可爱的，但这想法只放在心里罢了。

人的适应力很强，几周后，我不再怕进避难屋了，对德国人也不那么害怕了。我和杰米每天骑着黄油——他坐在我后面——到处转悠，寻找碎弹片。有一天我们看到一架飞机被击落了，紧赶慢赶赶过去，飞机残骸周围已围了一圈士兵，不让平民靠近。“这是德国的梅塞斯米特战斗机，”杰米一见飞机就两眼放光，“飞行员呢？”飞机的座舱盖是敞开的，飞行员应该跳伞了。

“别担心，”一个士兵道，“已经抓住了。”

八月初的一天，苏珊去“妇志队”开会，杰米在花园里鼓捣他喜欢的东西，我则像往常一样骑着马出门了。

我登上山顶驻足远眺，刚开始什么也没看到，但突然海面上出现了一个小黑点，由远及近向着这边移动。待它稍近一点，我看清那是一艘小划艇，但它没往码头方向去，而是径直朝着那片被铁丝网围住的海滩来了，这不禁让我感到奇怪，他是迷路了还是怎的？村民都知道那片海滩上埋满了地雷。我紧皱眉头感到不解，船上那个人——看起来像个男人——明明可以清楚地看见村庄和码头位于哪一边，他应该知道那片海滩不安全。

除非他是个间谍。想到这儿，我感到一阵寒意袭上心头，全身的血液好似凝固了一般。

一个间谍！这想法让我震惊，虽说上山观察已成了我的习惯，有关间谍的海报比比皆是，传言也听了不少，但这并不代表我真想亲眼见到他们。一只远道而来的小船，它从哪儿来？为何没被德国潜艇发现？如果不是间谍，为何直端端朝着那片被禁的海滩而去？

我脑中响起苏珊的声音："天方夜谭。"她总觉得间谍不可能大白天出现在大庭广众下。

但我还想起了政府说的：及时报告可疑情况。想到这儿，我即刻下山，穿行在重重灌木和草丛中，眼睛仍紧紧盯着那只小船。中途有一段下坡路，船从我视野中消失了，我让黄油加快速度朝海滩前进。终于，海滩再次出现在我眼前，我勒住马，在一簇茂密的树丛后停了下来。

现在正值退潮，海岸边露出了一大片沙地。男子下了船，手上提着一个箱子，背上背着一个背包。他把小船推回水中，海水轻轻翻着浪花，推着小船漂远了。

我重重咽了口唾沫。

这个长相普通——至少从远处看是这样——的男子从背包里取出什么东西，伸展开来，又在地上挖了个洞，把手提箱埋进去，用沙覆盖住，接着他小心翼翼地往那片被围住的海滩走去，我还没回过神来，他已到了铁丝网的另一边，朝我站的方向走来。

我赶紧掉转马头飞奔而去。

我原本想去机场，但考虑到警察局要近得多——就在村小学和我曾去过的那家茶吧附近，遂决定向警察报告此事。

我顾不得颠簸，让黄油在鹅卵石路上一路飞奔到警局门外。拴好马后，我连拐杖都没拿，就连滚带爬跑上台阶进了警局大门。一张大木桌后坐着一个胖警察，我忙对他说：“我发现了一个间谍，在海滩上！”

胖警官看着我：“慢慢说，小姐，你说这么快，我听不清。”

我抓着桌边稳住身子，把刚才的话重复了一遍。

胖警官把我从头到脚打量了好几遍，特别是那只右脚——上面穿着苏珊特地为我做的鞋子，我好不容易才克制住想藏起它的冲动。

“你是怎么发现这个间谍的？”他脸上泛起一丝笑容，我感觉他并不是很相信我的话。

“我骑马去了山上——”我把整个事情经过讲了一遍：山顶、小船、埋在沙里的手提箱。

“你骑马？”胖警官笑着点点头，好像听到了什么天大的笑话似的，“你新闻短片看多了吧？要不就是收音机里反间谍故事听多了？”

他认为我在撒谎，或者至少我的讲述中有夸大其词的地方，现在他把目光又落在了我的右脚上，一股怒火从我心底涌起。

我想象着苏珊遇到这种情况会怎么做，我把身板尽量挺直——这样显得高些——毫不畏惧地直视着胖警官道：“我的脚虽然残疾，但脑子是好的。”

他眨了眨眼。

我继续道："我要见你的长官，政府要求我们报告一切可疑情况，我正是这么做的，如果你不愿听，那我讲给愿意听的人。"

第二个警官对我的报告要重视得多。"我们这就坐警车去，尽快把他抓到。"他还关心地问我上车时需不需帮助。

"我自己能行，谢谢。"尽管脚很痛，我还是咬牙坚持自己走过去并爬上副驾驶座位。车子快开出村镇时，我看到了那个男人，他正一脸轻松地走在路上，我忙指给警官看。

"你看准了？"警官问。

有那么一霎，我有点迟疑，毕竟，我没有近距离看到那个男子的长相，但他给我的感觉就是那个人，于是我点点头。警官下车去拦住男子的去路："请出示证件。"

"为什么？"男子操着一口纯正的英语，口音与索顿夫人一模一样。

"例行检查。"警官说。

男子扬了扬眉，好像听到了什么笑话，不过他还是配合地把手伸进兜里掏出一个旧皮夹，取出身份证递给警官。"我刚徒步旅行回来，"他指指背上的背包，"如果你想看，包里还有我的配给券呢。"

他的一言一行简直就是个地道的英国人，但是——

"长官——"我招呼警官过来，他来到我座位旁的窗户边，把头伸进来。

“对不起，小姐，”他摇摇头道，“恐怕你——”

我打断他的话：“他的裤管是湿的，上面全是沙子。”

自从海滩被围起来后，政府已严令任何人去那儿了。

警官脸上的笑容消失了，我以为他生气了，但我错了，就在下一秒，这个男子已被铐起来塞进后座，他气急败坏地用流利的英语抗议了一路。

回到警局后，黄油还耐心地站在街边栏杆旁等着我，警官让我快回家。“剩下的事就交给我们了。”

我想把这事说给苏珊听，但不知从哪儿讲起，于是我决定晚点再说。我们正在吃晚饭时，警官突然登门拜访。

来人是接待我的第二个警官和另一个人：“我们要和您女儿谈谈，夫人。”

我站起身，苏珊不知发生了什么事，杰米倒挺开心。

“我们想请你帮忙确认下埋箱子的地点。”接待过我的警官说，于是我又坐上警车，这次直接去了海滩。我告诉他们我当时所站的位置，以及男子的登陆地点——这很费了一番功夫，因为现在正值涨潮，景观看起来不一样了。

“得找军方来挖这个箱子。”另一个警官说，“那儿全是地雷。”他把车开到我指认的男子穿过铁丝网的地方，我们下车仔细搜索，终于找到一个脚印。警官用一根布条拴在铁丝网上当记号，就把我送回家了。

下车前我停顿了一下："能告诉我你们把那个男子怎么了吗？"

警官们一齐摇了摇头："这是秘密，小姐。"

"那能不能告诉我，他到底是不是间谍？"

他们对视一眼，然后点点头。"但你要注意保密。"一个警官说。

我点点头："口风不紧舰船沉。"现在是时候向苏珊说明事情经过了。

她正坐在紫色沙发上等我，听完后，她用手捧起我的脸笑道："噢！艾达，我真为你感到骄傲。"

第二天下午，一阵敲门声响起，来人是那个认为我在编故事的胖警官。"我是来向您的女儿道歉的，夫人。"他说。看到我后，他脱下帽子鞠了一个躬："对不起，我应该相信你的，感谢你为国家做出的贡献。"

说完，他郑重地递给我一头洋葱。

第四十章　小英雄

军方挖出了埋在沙滩的箱子，里面装着一个无线电发报机，用它可以将加密情报发送到海峡对岸，至此，这个行为举止无一不像英国人的男子，他的间谍身份确证无疑。

我成了一个英雄。在机场工作的皇家空军部队送了我一盒巧克力；“妇志队”送了一袋白糖——是由每个工作人员捐出一匙汇集而成的；黛西的妈妈一看到我，就会给我一个热情的拥抱；每次去村里，看到的都是村民们一张张笑脸，听到的是一声声赞扬：“我们的小英雄来了！”“真不愧是我们的好女儿！”

那种毫不生分的语气听起来好像我从小就在这儿长大，是一个大家都看重、喜爱的健康女孩。

杰米让我把抓间谍的事讲了一遍又一遍。“给我讲讲你的英雄故事。”

玛吉从学校写来信：噢，真希望那天我跟你在一起，如果那天我在家，我肯定会和你一起去的。

我在回信中写道：我也希望那天你在。

她回信说：如果那样的话，就是我们俩来分享这个荣誉了，你不介意吗？

我当然不介意，如果她当时在，胖警官一定会相信她说的话。“英雄”这个称呼我还不是很习惯，虽说被人仰慕是一件好事，但太高的关注度让我有点不安。

“再说一遍，”杰米咯咯笑道，“你是怎么回应那个胖警官的？”

“他看着我的右脚，我对他说：‘我的脚虽然残疾，但脑子是好的。’”

“你说得对。”杰米说。

“是的。”苏珊赞同道。

让我感到害怕的就是之前传得沸沸扬扬的间谍一事绝非空穴来风，德国人确实在往英国派遣间谍。因此，当空袭警报再度响起时，我非常害怕。

“但你已经把间谍抓住了。”杰米说。

“我只抓了一个。”我说。今天的警报响得比平时早，当时我们正在吃晚餐，不得不把餐盘端进了避难屋。

“现在他已经死了。”杰米一边嚼着食物一边说，“我们把他带到外面，让他站好，砰！”他比画了一个开枪的动作，我吓得往后一缩。

“没这事，”苏珊说，“我问过。”

杰米眯起了眼睛：“那会怎么处置他？”

“不清楚。”

我在盘里挑拣着土豆，白水煮土豆是我们每天的主食。苏珊没有削皮，战争时代削皮会被视为“浪费食物”，但我不喜欢吃带皮的土豆。

“也许会策反他，”苏珊说，“让他做个双重间谍，发送假情报回德国。”

“就是让他撒谎。”我说。

“是的。”苏珊说。

杰米皱紧眉：“我不会干的，如果德国人把我抓住了——”

“我会。”我说，“如果他不这样的话就死定了，必要情况下我也会说谎。”

现在，德国的飞机有时白天就来了。当它们距离还远时，我和杰米站在户外，手搭在眉骨上遮住阳光，看它们像群昆虫似的在空中嗡嗡着打转儿。突然，一架飞机坠向地面，机尾拖着一条长长的浓烟。因为隔得太远，我看不出这架飞机是英国的还是德国的，但杰米能。

“是我们的飞机。”或者，“是德国飞机。”

有时还能看到飞行员从机舱里跳出来，降落伞砰的一下子弹开，我总是祈祷飞行员能跳伞成功——就算被击落的是德国战机。

圣诞节那天来赴宴的三个飞行员中，有两个已经牺牲了，杰米得知这个消息后伤心地哭了，睡着后眼里还含着泪花。我回想着他们友善的面容、畅快的大笑、与杰米玩在一起其乐融融的情景，可惜的是我忘了他们的名字，这都怪我那天心思全在那条绿裙子上。

那天，因为穿着那条绿裙子，我无法自控地感到难过、紧张。现在想想，比起这两个牺牲的飞行员来说，我那算什么事啊？如果那一天能重来，我一定要好好记住他们的名字。

每天都有英国飞机被击落，但被击落的德国飞机更多。一批批飞行员前赴后继，浴血奋战，尽管明知可能有去无还，他们还是毫不畏惧地驾着银鹰飞上蓝天。

苏珊说，我们必须要赢得这次战役，否则就会输掉整个战争。丘吉尔首相在广播里也说："在人类战争史上，从没有哪次像这样，以如此少的兵力，取得如此大的成功，保护如此多的民众。"这是对勇敢的皇家空军飞行员们的最高褒奖。

时间到了九月，我抓间谍引起的轰动渐渐平息下来。就在一周前，英国对柏林进行了空袭，这是我们第一次将战火引至德国本土，可把弗雷德乐坏了："让德国佬见识见识。"他给了我一小块德国战机碎片，说是在索顿夫人的麦田边捡到的，让我把它捎给杰米。

“你怎么知道这碎片是从德国飞机上掉下来的？”我把这块金属片握在手中翻来覆去地看。

“我看到了开飞机的那个家伙，”他说，“他把飞机掉了个头，往海峡那边飞去了，然后这玩意儿掉了下来。”

一般来说，快到家时我会让黄油速度慢下来，但今天我太高兴了，阳光暖暖地照在身上，天上没有飞机，也没有空袭警报声，想着杰米拿到碎片的高兴样儿，我不禁催着黄油再跑快点，它像听懂了我的话似的跑得飞快。这个夏天，我一直在训练它跳障碍，虽然弗雷德还没发话，但我知道时机已经成熟，我没让它像往常那样从围栏大门进去，而是对准矮墙冲了过去。

黄油轻松地一跃而过。

放眼望去，我看到苏珊和杰米正并排站在后院，旁边还有一个我不认识的大人。我让黄油继续往前跑：“杰米！我给你带了一片梅塞斯米特飞机的碎片！”我在矮墙边勒住马，拍拍马脖子，骄傲地笑道：“苏珊，我们刚才跳过了矮墙，你看到了吗？”

接着我认出了那个站在苏珊旁边的女人。

是妈妈。

第四十一章　妈妈

她终于来了。

我不知所措地看着她，她手搭在眉上遮住阳光，带着一抹愤怒的表情冷冷地看着我。“你好。”我说。

她皱皱眉：“你是谁？”

她已认不出我来了。

我左脚踩到地上，解开绑在鞍具后面的拐杖，拄着拐迈了过去。“我是艾达。”我说。

她明白过来我是谁时，脸上怒意更甚。

“这是什么意思？你以为你是谁？”

杰米一脸期待地牵着她的手。

“还骑马！你以为你是玛格丽特小公主①？”

---

① 玛格丽特小公主：英国伊丽莎白公主（即后来的英国女王伊丽莎白二世）的妹妹。

“我学会骑马了，”我说，“我用的是侧骑鞍，不会伤着我的——”

她把一个破旧的信封伸到我鼻下：“这个又是什么意思？”

信封上是苏珊的笔迹，是苏珊寄给她的一封信。

“说你想做什么手术，嗯？”她说。

我心跳加快了：“医生说可以治好我的脚——”

“说得轻巧，”妈妈打断我的话，“你那脚没法儿治。一开始我接到一封信，说因为把孩子送走了，每星期必须付给政府十九先令——”

“任何人都无权要求你——”苏珊插进来说。

“跟着又是这封信，还送错了地方，不过最后还是送到我手上来了，信的内容就是某个不要脸的人教我应该怎么照顾小孩。然后就是你了，穿得漂漂亮亮，神气活现地骑在马上，好像比我们都高贵似的——”

“我不是这个意思，妈妈。”我说。

“好像比我都能干似的。”

“不是的，妈妈。”

“得了吧，我这就带你们回家。”她说。

苏珊想和她理论几句，妈妈正好把矛头对准她：“你不是一直在让我来接他们吗？一个懒婆娘，竟然住这么好的房子——”她就此发挥开去，把苏珊骂了个狗血淋头。

我感到身体一阵阵发冷，好像离他们越来越远，思想又开起了小差，不，我猛然回过神来，黄油身上的鞍具还没取呢，我转身朝马圈走去。“你去哪儿？”妈妈问。

“要去把马身上的鞍具卸下来。”

“胡闹！快回来，我们要赶下一班火车。”

我没理她，但妈妈抓住我的肩膀狠狠给了我一拳，我一下被打蒙了，一头栽倒在地，拐杖甩到一边，手掌也擦破了。杰米吓得大哭起来，听着哭声，我挣扎着站了起来，眼泪慢慢涌上眼眶，我已经忘了挨打的滋味。

“我会照顾黄油的。”苏珊急忙说。

“快点，艾达！”妈妈掐着杰米的脖子，让他无法转过脸来，催着他往门口走去。

“等等，”苏珊转过身来，“他们的东西还没拿。”

“他们不需要拿什么东西，”妈妈说，“看看你给他们穿的，一个个打扮得跟少爷小姐似的，对他们有什么好处？他们没这命！”

但苏珊还是不管不顾地跑回屋，很快，她拿着那本《海角一乐园》出来了。“拿着，”她把书塞给杰米，“这是你的书。”

妈妈怀疑地扫了一眼书：“他不需要这个，他要这个干什么？”

“我不要，”杰米附和道，他脸上刚见到妈妈时那种欢欣期待的表情早已不见，取而代之的是惶恐的神色，“我不要！”

“是的，他不要。”我心里暗暗祈求苏珊，千万别把书给杰米，这会让他遭罪的。

苏珊看了我一眼，脸色变得雪白，她把书夹在腋下。“杰米，这书我暂时替你保管着。”她又对我说，“艾达，我会照顾好黄油，我发誓，不会让它的趾甲长长的。”

妈妈推着杰米出了门。

“别这样。”苏珊说，“艾达，杰米，如果你们不想走，就留下来吧，我来办这事。”

妈妈皱了皱眉：“你想把我的孩子夺走吗？”

“我要去找警察，艾达，”苏珊说，“你告诉他们，他们会听你、听我们说的，到时你就可以留下了。”

接下来是一阵长长的沉默，仿佛有一生那么长，只听得见妈妈喘气和杰米抽泣的声音，我看着苏珊，道：“你本来就不想要我们的。”

苏珊定定地看着我：“那是去年的事，现在我想要你们了。”

杰米仍牵着妈妈的手，就算警察同意我跟着苏珊，他们也没有理由让杰米留下来，因为妈妈从来没有把杰米锁在屋里过。

我说：“我不能和杰米分开。”

苏珊看着我，慢慢点了下头。妈妈嘴里嘟囔了一句，拽着杰米上了路，我跟在后面。我再回头时，发现苏珊正在解马身上的鞍具的扣带，她没有再抬起头来看我们一眼，也没有对我们说“再见”。

第四十二章　闭嘴

走到车道尽头时，妈妈停下来指着拐杖问："这玩意儿是啥？"

"我拄着这个走得快。"我答。

她哼了一声："说得好像你需要走路一样。"

我说："我能走。"

"你走不了多久啦，小丫头。"她说。

回伦敦的火车比之前我们来这儿的火车走得更慢，人也更多，过道上都塞得满满的，大多是坐在背包上的军人。一个男人看到我拄着拐，忙起身把座位让给我，妈妈对他皱了皱眉，一屁股坐了下去。男人正要开口，我急忙说："没事的，我有拐呢——"

我不该说这话的，因为妈妈的眼睛眯起来了。"我不知道这是谁的主意，竟然让你天天在外面丢人现眼，”她声音虽低却怒火冲天，“生怕人家不知道你是个瘸子！这玩意儿回家后就不准用了。”

“我能走路。”我说。

“我不准，听到了吗？”

我咽下一口唾沫，感觉好像在做一场噩梦。

“艾达抓了一个间谍。”杰米小声说。

妈妈不屑地道：“哄别人去吧。”

“给她讲讲你的英雄故事，艾达。”杰米说。

我紧闭着唇，摇了摇头。

下火车时已是深夜。这里也实行了灯火管制，街道一片漆黑，我跌跌撞撞走在街上，一不小心绊倒在粗糙的马路牙子上。黑暗中有什么在窃窃私语，潮湿的街道上升腾而起的丝丝霉味一下勾起我熟悉的回忆。

黄油，想想我骑着黄油在旷野中飞驰。

妈妈如今在一家工厂工作，所以她搬到了工厂附近居住。“搬来这儿的一个好处是，再不用跟那些成天只知家长里短的长舌妇们打交道了。我还是上夜班，但比在酒吧体面多了，住的地方虽比不上那个有钱的老女人的房子豪华，但也挺不错，你们会喜欢的。”

“苏珊不是有钱的老女人。”杰米说。

噢，杰米，快闭嘴。

“当然是，她有钱才会收留你们，还给你们买衣服呢。对了，你穿的那是啥，艾达，短裤吗？”

“马裤。”我回答道，但马上后悔了。

“噢，听听！那如果不骑马时穿又叫什么裤？”

“这裤子就是专门用来在骑马时穿的，”我说，“这东西不贵，有钱人家的女士骑马有专门的骑马服。马裤是苏珊给我做的，没有花钱。”玛吉送我的那条短裤已经穿破了，所以苏珊给我重做了一条，但我不该说这些的。

“哦，有钱人家的女士骑马有专门的骑马服，那为什么你没有呢？”

苏珊曾说过会给我做一件，她觉得做这个应该很好玩。

“在我这儿马裤用不上，”妈妈说，“明天我就把这条裤子拿去典当铺，换点适合你穿的东西。真有她的，竟然让你这种瘸子出门。”

“这不是我的错。”我说，“我的脚虽然有残疾，但脑子是好的。”

啪！

我往后倒去，被什么绊倒了，手肘碰在一个硬东西上，拐杖也不知摔到哪儿去了。杰米扶我站起来，闭嘴，我提醒自己。

妈妈领着我们上了三楼，每层楼梯口挂着一只裸露的瓦数不高的灯泡，只能照亮一小块地方。有什么东西在我眼前一晃而过，我想应该是老鼠，我都快忘记老鼠长什么样了，也快忘了这种充满刺鼻公厕味道的公共走廊。

妈妈打开一扇脏兮兮的木门：“到了。”

公寓有两个小房间，一间是厨房，有桌子、水槽、气灶和几把椅子，油毡地板上铺着一张薄薄的地毯。

我的目光首先落到水槽下面——没有橱柜，没有能装得下我的橱柜。

“怎么样？”妈妈问。

我咽下一口唾沫：“挺好。”

“到了这儿，就不要摆什么有钱人派头了，”她随手拖过一张椅子放在窗前，“你以后就坐这儿。”

我不知该说什么好，最后说出来的是：“谢谢。”

“看看，我们家现在有了个淑女，我们两个恐怕都配不上她了。”妈妈带我们看了另一个房间，里面摆着以前的旧衣柜和一张新床，床上没铺床单，只放着一张床垫、一床粗毛毯和一个枕头。

在被苏珊收养前，我们睡的床一直是这样，所以，我不应该抱怨什么，更何况这间公寓比之以前还多了一个房间呢。

“今天为了接你们，我没去上夜班，”妈妈说，“我现在要去楼下酒吧喝杯啤酒，你们先睡吧。对了，艾达，我还得给你找个桶来。”

好一会儿我才回过神来她是什么意思。“我可以自己上厕所，”我忙说，“我已经会上厕所了。”

妈妈说出的每个字都是那么坚决，像石头一样打在我心上：“你不准出这间屋。”

“听明白了吗？”她继续道，“我可不想让别人知道我有个瘸子女儿，我丢不起这个脸！你在别的地方怎么胡闹我管不着，但回来了就得归我管！要是不听话，有你好受的，记住，你就是个一无是处的瘸子，懂了吗？”

我说：“苏珊从来不觉得我丢了她的脸。”

“哼，她装什么圣母。”妈妈的眼睛亮闪闪的，她指着杰米说，“你要是不听话，连他一起罚，知道了吗？”

“知道了，妈妈。”我说。

她走后，我看看紧闭的房门，又看看桶，我用了桶。

杰米和我躺在床垫上，卧室很闷热。“我睡不着，”杰米呜咽着说，“我想波卫尔。”

“苏珊会照顾好它的。”我安慰道。

“我想它在这儿，没它我睡不着。”

“我懂，我懂。”

“这是怎么了？妈妈为什么发这么大火？”

“因为我们和以前不同了。”

“什么？”

我深深吸了一口气，想着这也许是我的错：在乡下过着我不配享受的豪华生活，行为举止让妈妈不喜欢。

最大的错误是：我是个瘸子。

但是……这只脚本可以治好的，在我刚出生时她就可以帮我治，现在也不算晚，她只是不愿意。

她想让我当一个瘸子。

真是不可思议。

月亮升起来了，清辉投射在天花板上，变幻出各种图案。你是个瘸子，一个一无是处的瘸子。

“杰米，”我捅捅他，“我抓了一个间谍。”

“我知道。”

“我还学会了骑马，我们现在能跳过那堵石墙了。我还是弗雷德的好帮手。”

“嗯。”杰米翻了个身。

“我能读书、写字、织毛衣、做缝纫。敦刻尔克大撤退期间，我帮着照顾伤员，玛吉和黛西都喜欢我。”

“还有苏珊，她爱你。”杰米说。

“她爱我们两个。”我说。

“我知道。”他抽抽鼻子，“我想波卫尔。”

我没有接他的话。在妈妈回来之前我睡着了，在迷迷糊糊进入梦乡之前，我想到了一个词：战争。

我终于知道我一直在抗争什么，以及为什么要抗争。妈妈不知道，现在的我已成了一个坚强的斗士。

第四十三章　抗争

第二天早上杰米又尿床了，我对此不是很意外，但睡在同一张床上的妈妈却大为光火，她暴打了他一顿，警告他不准再尿床：“再这样你就滚去睡地板。”

杰米哭了，他已经好久没挨过打了。我抱住他低声安慰道：“快别哭了，不然妈妈又要发火了。”我告诉妈妈我来洗毯子，但下床时却发现拐杖和鞋子不见了。

妈妈观察着我脸上的表情，笑了：“在找拐杖？”

“小时候你为什么不让我拄拐？”我问。

她哼了一声：“明白告诉你吧，我就不想你出去，我不想让别人看到你。”

“但我这只脚明明能治好的，如果我刚出生时——”

“这么说，你也相信他们的话？是的，那些护士是这么说的，但他们的目的是想让我花钱！让我交钱让你住院，但没人告诉我钱是怎么用的，你的脚会治成什么样，哼，我才没那么傻呢！不过话说回来，你刚出生时，那只烂脚远远没现在看着那么恶心！”

我正在努力消化着她说的这番话，杰米想到了一些别的事：“如果德国人轰炸伦敦，我们往哪里躲？在家时可以去避难屋——”他突然闭上嘴，眼底蒙上一层惶恐，他犯了一个错，竟然把苏珊那儿称作“家”。

幸好妈妈没注意到，她哼了一声：“不会的，伦敦到现在都还没遭过轰炸，战争都进行一年了。”

今天是星期六，但妈妈说她还得上夜班，工厂是二十四小时连轴转的。她在没被尿湿的那一边床上打着盹儿，我则抓紧时间烤面包、煮茶。她醒来吃完早餐，正准备带杰米出去购物时，突然想起了什么：“你们的配给券呢？”

当然是在苏珊那儿，如果不是妈妈那么急慌慌地带我们走，她一定会给我们的。

但这些话我没有说出来，我只是说：“不知道。”杰米想开口，我瞪了他一眼，他知趣地闭上了嘴。

妈妈骂道：“让那个该死的女人占便宜了，她现在没准儿正在用你们的配给券大买特买呢。”

我没说什么，径直去了窗前坐在椅子上往外望：外面空荡荡的，见不到玩耍的小孩；为数不多的几家商店外面堆着沙袋，层层叠叠一直垒到窗口；妇人们步履匆匆，没人坐在门廊上聊天。

都是因为这场战争。

妈妈仿佛看透了我的心思："没办法，现在外面就这个样子。你摊上那么一只脚，什么也做不了，你这辈子就是个没用的瘸子。"

他们走后，我摇身一变成了一个间谍，在房间里四处查看。我原想做做清洁，至少把水槽和地板打扫一下，但转念一想还是别做，妈妈如果注意到家里变干净了，准会发火，最好让她以为我一直乖乖地待在椅子上。

房间很小，不容易藏东西，橱柜里装着常用的瓶瓶罐罐和餐盘，衣柜里是妈妈的衣服，有新有旧。卧室里还有一张小桌子，桌子上方悬着一面新买的大镜子。

我的头发像一堆乱草，我用妈妈的发梳把它梳顺，编成一根独辫。脸也很脏，我找了块布，在水槽里蘸了点水，把脸擦了擦。我还用了便桶，用完后我把它移到门边，拿一个盘子盖在上面，以防味儿飘出来。

我再次回到小桌子那儿，把抽屉拉开，前半部分杂乱地放着发卡、铅笔头、纸片等。当把抽屉拉到底后，我看到最里面有一个厚纸板做的盒子，打开来是一沓纸。

我拿起最上面那张。

上面写着：

出生证，艾达·玛丽娅·史密斯

我深深吸了一口气，目光迅速移向下面，看到了我想知道的内容：

1929年5月13日

果然，我身份证上的出生日期是错的，不过年份猜对了，我的确是十一岁。

下面是杰米的出生证和父母的结婚证。

这时我听到楼梯上传来脚步声，伴随着杰米高昂的歌声，哦，杰米，我可爱的弟弟。当妈妈把门打开时，我已把那沓证件放回原处，正若无其事地坐在窗前的椅子上。

晚餐妈妈煮了土豆、卷心菜和一小块硬牛肉。牛肉她自个儿吃了，她说，在把我们的配给券要回来之前，我们别想吃肉。“我得让那婆娘把配给券送过来，如果她不理的话，我就去告她。”

杰米哭丧着一张脸，什么也不想吃，我舀了些蔬菜在他盘里：“蔬菜对身体好，味道跟牛肉差不多。”

他看着我，我对他使了个眼色，他看了我一会儿，把盘里的菜全吃光了。

当妈妈准备出门上班时，我深吸了一口气，现在不说就再也没机会了。“你不必要我们的，”我说，“没有我们的话，你生活会好得多。再说，你本来就不想要我们的，包括杰米。”

杰米想说什么，但我在桌下踢了他一脚，于是他把嘴闭上了。

妈妈看着我：“什么意思？你又在打什么主意？”

“你本来就不想要我们，”我说，“不然别的家长来接孩子时，为什么你一直没来？”

“你有什么权利抱怨这个？看得出你在那边过得很快活，穿得好，玩得好，还可以神气活现地骑着马去镇上显摆——”

“我们过得如何你不用放在心上，”我说，“你现在之所以把我们接回来，是因为你觉得我们在那儿会花你更多的钱。”

“那是当然。你也看到了那封信，我为什么要为你花钱、让你过得比我还好？你就是个一无是处的——”

“你不想花钱就算了。”我按捺住内心的冲动平静地说，以前我听了太多的谎话，而现在，我要让事实真相平静地浮现出来。

“十九先令，”妈妈说，“每周十九先令！刚开始送你们走时是免费的，凭什么现在让我每周付十九先令？简直是抢劫！”

“要不是因为得付这个钱，你压根儿不会在意把我们送人吧？”我说，“我有办法解决，你可以把我们送走，而且不用付一分钱。”

她眯起眼睛看着我：“我不知道你想干吗，也不知道你从哪儿学来的这些词，小丫头，说啊，说下去。”

“我的脚本可以治好的——现在治也不晚，我并不是命中注定会成为一个瘸子，你也本来可以不用为我这只脚感到丢脸的。”一个念头浮现在我脑中，苏珊从来不觉得我丢脸。

妈妈的脸红了：“我不会花钱给你治的。”

“如果刚出生就治，那时会好治得多。”

“哦，又来了，你信那些人说的！我给你爸讲过——”

爸爸。我已经看过她收藏在抽屉里的剪报，上面是爸爸的消息。我慢慢说道：“如果爸爸还活着，他会给我治的。”当然这只是我的猜想。

“他确实会，”妈妈说，“他喜欢小孩，总把你抱在怀里摇啊摇，还唱歌给你听。”

眼泪一滴滴从我脸上滑落，这时我才意识到我哭了：“你并不想要我们，就算现在也是。”

她怒视着我：“你说对了。”

“你一直不想要我们。”我说。

“我为什么要你们？”她说，“自始至终一直是他想要小孩，结果我先生了个瘸子，后又生了个男孩，接着男人没了。我从来没想过要小孩。”

从杰米那个方向传来压抑的抽泣声，我知道他哭了，但我顾不上安慰他：“所以说，你现在没必要留着我们，你也不必付钱。我们明天一早就走，永远不再回来。”

妈妈站起来，拿过手袋、戴上帽子后转过身来看着我：“你的意思是，我可以和你们断了关系，但不必付一分钱？”

我点点头。

她笑了，每次她让我进橱柜时就是这种笑容。“那说定了？”她问。

此生我将永远记住她这句话。

我说：“说定了。”

第四十四章　轰炸

我抱着杰米，我俩涕泪交流，哭了个痛快。

真是太痛了，这种心灵上的痛苦远远超过肉体遭受的苦难。

好不容易我们止住眼泪，我抱着他轻轻地摇晃着，他抬头看着我，睫毛上仍沾着泪水：“我想回家。”

“会的，”我答应他，“等太阳一出来我们就走。”我认识路标，不会迷路的，虽说没钱买车票，但“妇志队”的海报随处可见，可以找她们帮忙。

我把杰米的出生证拿给他看：“看，你是一九三三年十一月二十九号生的，现在七岁了。”我还给他看了父母的结婚证，“爸爸叫詹米，跟你名字很像呢。”

最后我拿出那张剪报，久久地注视着上面的标题——《皇家阿尔伯特码头意外事故致六人殒命》。“他去世的时候你还是个小婴儿呢，那时我刚满四岁。”

我把结婚证和剪报放回抽屉，把两份出生证塞进马裤口袋，静待黎明的到来。

呜呜——呜呜——呜呜——

声音从敞开的窗户传进来，越来越响。

空袭来了。

我不知道这儿的避难屋在哪儿。

拐杖被妈妈扔了，没有拐杖，我走不了多远。

杰米惊慌地抓住我的手，警报声越来越响。“快走！”我催他。

“往哪儿走？”

我假装知道。“下楼！”公寓里的住户都在逃命，有的胳膊下还夹着被褥。人多道窄，我无法从楼梯上滑下去，只得用双手抓住扶手一步一步地挪。人们推推搡搡从我身边跑过，杰米抓着我的衣服，吓得浑身发抖。警报声减弱了，远处响起了爆炸声。

轰炸开始了。

站在黑漆漆的街上，我不知该往何处去。人群像没头苍蝇似的到处乱窜，呼叫声此起彼伏。我紧紧抓着杰米的手，凭感觉往前走，前方路上有一段楼梯直通地下——

一枚炸弹在头顶上空爆炸了，碎玻璃哗啦啦落了一地。

我看到码头上空一片红光，是火，码头着火了。

又一枚炸弹击中了身后的一幢建筑，气浪把我们掀到街上，我只感到耳朵嗡的一声，就什么也听不见了。砖头瓦块夹着碎玻璃如雨点般砸下来，我伸开双臂护住杰米的头，感觉他似乎一直在尖叫。

我好不容易站起来，拖着杰米继续走，很快看到一扇敞开的大门，有台阶通向地下——感谢上帝，避难屋到了。

人群挟裹着我们往下走，来到一个巨大的地下室，这儿因为挤满了人显得潮湿而闷热。一张张关心的面孔在我眼前晃动着，我听不见他们在说什么，但随即一双双手伸了过来，把我们扶起抱在怀中，为我们擦去脸上的血迹，还有人递来热茶。

我们坐在水泥地面上，身上披着好心人给的毛毯。我紧紧拥着杰米，我不能失去他，永远不能。

第四十五章　回家

不知什么时候我们睡着了，醒来时是第二天早上，一位长官正在叫大家撤离：“火要烧过来了，快离开这儿。”

我坐起身，码头是着火了，但那地方离这儿远着呢。

长官接下来的话解开了我的疑惑：“小姐，外面到处是火，自来水管道又破了，火全灭完还要点时间呢。”这番话让我意识到我向他提了个问题，接着我又意识到我的听力恢复了，虽说耳朵还在嗡嗡响，但能听见声音了。

我摇摇杰米，他睡得迷迷糊糊不愿醒来，反复了好几次才把他摇醒。“我想回家。”他第一句话就是这个。

我点点头：“走吧。”

他从头到脚灰扑扑的，脖子上残留着几丝鼻血，衬衫破了，鞋也跑丢了一只。估计我跟他差不多，没准儿还要邋遢点儿。“快起来，我们回家。”我说。

整个城市变得面目全非，炸塌的大楼随处可见，原本鳞次栉比的建筑群变得稀稀疏疏。漫天灰尘和烟雾挡住了阳光，街面上却覆满了星星一样亮晶晶的东西，那其实是碎玻璃。

就在这片焦瓦碎片中，一个瘦小的身影朝我们走来，金色卷发从帽边露了出来，脸上带着坚毅的神色，我不敢相信自己的眼睛，张开嘴，话却哽住了。

幸好杰米还能说话："苏珊！"

听到喊声，她的头像被一根无形的绳子拽了一下似的猛抬了起来。她张大嘴朝我们跑来，杰米也朝她跑去，一头扎进她的怀里，脏污的小脸贴在她的裙子上。我走上前，她一把将我抱住，她身上的羊毛开衫扎着我的脸，痒酥酥的。我张开双臂，避开杰米的小脑袋，紧紧地、紧紧地抱着她。

"我的小宝贝们，"她说，"你们受苦了，没想到你们还活着，两个都活着，真是奇迹啊。"

第四十六章　扯平了

火车站旁的一家餐馆虽然窗户被炸飞了，但仍在营业。苏珊点了食物后把我们带去厕所冲洗干净。“艾达，你的拐杖和鞋子呢？”她问，“看你的脚成什么样了。”虽然穿着袜子，但我脚上仍有很多伤痕。

“被妈妈拿走了，”我说，“所以我走不快，第一颗炸弹掉下来时，我还没进到避难屋里去。”

她闭紧嘴，不再发一言。我们回到座位上，开始吃女服务员端来的三明治。

“你是怎么找来的？”杰米问。

“你妈妈留下了几封信，其中一封上面有她的地址，但你们现在住的这栋楼……”她停顿了一下，“也被炸毁了。今天早上几个住在楼里的居民回来了——当然那儿已经成了一片废墟——其中一个妇女说她看到你走下了楼梯。”

苏珊做了个鬼脸："她记得曾从你身边经过，因为你走得太慢了。我想你们是去了避难屋，于是开始一个一个地找，这儿的避难屋太多了。"

我想到了一个极其重要的问题："你为什么要来找我们？你已经让我们走了，为什么又来找？"

她用小匙搅着茶，一圈又一圈，陷入了沉思。餐桌上摆着供食客自行添加的方糖，但大家都很自觉地只拿一块。"你会懂的，"终于，她开口了，"世界上没有绝对的对错，你妈妈要你们回去做得没错，她有这个权利，我就是想到了这一点才让你们走的。"

"但那晚我睡不着觉，在和可怜的波卫尔待在避难屋里时，我突然意识到，不管法律上是怎么规定的，我得把你们要回来，因为我也有这个权利。你能明白吗？"

我说："我们本来也准备今天早上就回你那儿去的。"

她点点头："太好了。"

沉默了几分钟后她继续讲述："于是昨天我去了车站，乘上了最近的一班车，但车开得太慢了，停靠的站也多，就这样一路走走停停，空袭开始时车还没到伦敦，也不敢继续前行了，就停靠在侧线等了一晚，直到今天凌晨才到伦敦站。"

她停止讲述时，杰米趴在桌子上，已经睡熟了。

苏珊搀着我进了站，说："回去后我给你换副新拐杖，你长高了，旧的太小了。”

我点点头，非常感激她没有追问到底，否则我非得解释一通。可能在不久的将来，我会告诉她整个经过——包括我和妈妈之间的对话，但不是现在，现在我一想起这个事，心就像撕裂般痛了起来。

车里挤满了人。苏珊给我找了个座位，杰米钻到了座位下，苏珊则坐在过道上一个士兵的背包上。火车时走时停，我把头靠在车厢板上打着盹儿。杰米想上厕所时，士兵们把他从头顶上一个接一个地传到厕所，之后再用同样的方法传回来。

到站后，我们摇摇晃晃地出了站台，苏珊招手叫了一辆出租车：“快上车，我不会让你再多走一步路。”

现在是星期天上午，村里一片宁静，当出租车驶上门口那条两旁栽满绿树的车道时，苏珊突然倒吸了一口冷气。

我从车里探出头来，马上明白发生了什么事。

房子不见了。

事实显而易见，一枚德国炸弹准确地命中了它。

近乎半数村民都会集到这儿来了，他们正在废墟上小心翼翼地清理着砖石瓦片。听到出租车的刹车声后，村民们抬起了头。

他们看到我们的表情，就跟我们在伦敦看到苏珊的表情一样，脸上交替出现了惊讶、害怕、激动、高兴等神色，有的人甚至开心得笑出了声。

苏珊用手捂住嘴，呆呆地站在那儿。

他们朝我们奔来——弗雷德、牧师、斯蒂芬·怀特、酒吧老板和妻子、警察、飞行员，索顿夫人一把抱住苏珊，激动地哭了。

“你走怎么不打一声招呼？”她抽泣着说，“你从不去别的地方——怎么这次都不说一声？”

废墟里出现了一道灰影，朝杰米飞奔过来。“波卫尔！”他大叫道。

我牵挂着黄油，刚跑了三步就被弗雷德拦住了：“它没事，炸弹落下来时，它应该是待在马厩的另一头。”泪水滑过他的脸颊，“我们担心的是你们，”他倒抽了一口气，“在这儿找的也是你们，昨晚没拉警报，我们以为你们三个都遇难了。”

杰米跳到苏珊面前，笑道：“我们遇到海难了。”

苏珊仍有些没回过神来，不过在杰米的坚持下，她伸出手来摸了摸波卫尔的脑袋，之后她揽住杰米，看着我道：“幸好我找你们去了，是你俩救了我的命。”

我把手放进她掌心，心底涌起一种陌生的、从来没有过的感觉，这种感觉像蔚蓝的大海、温暖的阳光、奔驰的骏马一样让我心安。这种感觉像爱。我努力在脑海中搜索，终于找到了合适的词：快乐。“那么，我们算是扯平了。”我说。

译后记

资深儿童文学译者　王映红

一

《橱柜里的女孩》是一本关于爱、勇气和成长的书。书中的主角艾达是一个年仅十岁的小女孩，因为脚有残疾，母亲觉得丢脸，从不准她出门，艾达只能透过窗户看一看外面的世界。一开始，艾达以为是因为自己不能直立行走，妈妈才不喜欢她。为了得到妈妈的欢心，同时也为了能和健康的弟弟一起玩耍，她忍受着身体上的伤痛努力学习走路。恰在这时，希特勒发动了第二次世界大战，为了安全起见，政府将孩子们疏散到了乡村。疏散名单里本没有艾达，但她放心不下弟弟，于是从家里偷跑出来，和弟弟一起去了乡下，她的命运就此改变。

说到命运，我想每个经历过生活磨难的人都会感慨良多。人唯一不能选择的就是出生，生在富裕家庭的人一生衣食无忧，而那些出生在贫寒甚至不健全家庭的人，注定了人生之路要坎坷、艰难许多。那么，面对着不公平的命运，是应该认命随波逐流，还是奋起抗争呢？艾达用实际行动给出了完美的答案——像一个斗士那样去抗争！在书里我们可以看到，这个一生下来就受到不公正待遇的小女孩却从来没有屈服于命运的安排：她偷偷练习走路；从家里偷跑出来，和弟弟一起去了乡下；在乡下学会了骑马、读写、缝纫等；当妈妈把姐弟俩强行带回伦敦后，她又据理力争，让妈妈放弃姐弟俩的抚养权。

艾达与命运抗争的过程，也是她认识自我、实现自我的过程。自出生起就被妈妈一直关在家里的她，是一个怯生生、不自信的小女孩，她深信没人喜欢自己，所以，当苏珊对她好、给她做新衣服、夸她漂亮时，她表现出的不是满心欢喜和感激，而是难过、浑身不自在。但是，在与淳朴的村民特别是苏珊相处的过程中，她渐渐敞开了心扉。尽管她时时提醒自己“苏珊不是好人”，但内心却越来越想要一个“像苏珊那样的妈妈”。在帮助别人的过程中，她慢慢发现了自身的价值，成长为一个坚强、自信、勇敢的女孩。

相信读者在读完本书后，会有这么一个共识：改变了艾达命运的并不是战争——战争只是一个导火索，改变她命运的也不是苏珊——苏珊只是一个催化剂。是艾达以她那种不屈不挠的精神改变了自己的命运，正如一句流传已久的话讲的那样：“如果苦难不能打垮你，它就会成就你。”

二

本书获得了2016年纽伯瑞银奖，我想除了故事感人至深外，作者对人物的成功塑造也是获奖原因之一。其笔下的人物性格多面，避免了脸谱化，比如收养艾达姐弟俩的苏珊。印象中，这种慈悲心肠的人一般都会被描写成“高大上”的完人，但苏珊刚出场时给人的印象很颓废，因好友去世，她天天宅在家里伤春悲秋，不工作，也不关心外面的事。当索顿夫人希望她能收养艾达姐弟时，她竟然说她根本不知道希特勒发动了战争。在勉强留下艾达姐弟后，她还成天想着找机会把他俩退回去。但就是这么一个人，一边抱怨着姐弟俩的到来给她带来了大麻烦，一边却凭着善良的本性，真心实意地对待他们：带艾达去医生那儿做检查，看她的脚有没有可能通过手术恢复正常；去学校为受到不公正待遇的杰米讨公道……有趣的是，在照顾艾达姐弟的过程中，苏珊也在慢慢改变自己。以前，她不喜欢与村里那些家庭主妇交往，但在艾达的激励下，她加入了“妇志队”为战事出力。到了故事的最后，当艾达的母亲把两个孩子接走后，之前一直不想收养他们的苏珊却决心夺回艾达姐弟的抚养权，这种巨大的转变随着故事情节的发展，既在意料之外，又在情理之中，显得令人信服。

再比如艾达的妈妈。她虐待艾达，是一个让人憎恨的角色，但作者在写出她“恶”的一面的同时，也写了她作为一个生活在底层的劳动妇女和单身母亲的不易：每晚上夜班，连圣诞节都不能休息，用微薄的薪水抚养两个年幼的孩子。正是作者这种不流于俗套的刻画，才使得书中的人物显得复杂多面、有血有肉。

三

本书作者金柏莉·布鲁贝克·布拉德利出生于印第安纳州，大学学的是化学，毕业后做过化学研究员，二十七岁辞职成为专职作家。现在她和家人生活在阿巴拉契亚山脚下一个农场里，农场里有矮马、山羊、绵羊、猫、狗和很多很多树，难怪作者描写英国乡村生活非常得心应手，想必她的日常生活给她提供了很多素材。

最后，我要感谢接力出版社给了我这次翻译本书的机会，感谢编辑审校译稿的辛苦工作。由于译者水平有限，如有误译漏译之处，敬请读者不吝指正。